エルスト・ターナー

ギダルム・ジーバス
ルドルス・ノートン

CONTETNTS

wind rust

旋風のルスト1

～逆境少女の傭兵ライフと、無頼英傑たちの西方国境戦記～

美風慶伍

BRAVENOVEL
ブレイブ文庫

第１部

ワルアイユ動乱

これは、職業傭兵の少女「ルスト」を巡る物語だ。

彼女の物語は、フェンデリオル国、西方辺境の地にて動乱の幕を開ける。

だがその前に、ある事件の話をしなければならない。

人知れず闇夜に消えた侯族令嬢「エライア」の真実についてを――。

序：モーデンハイム家令嬢失踪事件

私は人目につかない真夜中に、一人旅立とうとしていた。誰にも言えない理由を抱えながら、ひっそりと。

私の名は〝エライア・フォン・モーデンハイム〟。この国でも屈指の高家、モーデンハイム家の息女だ。

あなたならきっとこう言うだろう。

――そんなに恵まれている身分なのになぜ？

普通ならそう思うだろう。なぜ逃げ出すのか？　と。でも世の中や人生には、お金や身分では手に入れられない、何物にも代えられない大切なものがある。私にはそれがない。いや、あったけれどみんな暴君のような父親に取り上げられてしまった。だからこそだ。私は自分の力でそれを見つけようと思う。逆境へと自ら踏み出して、あらん限りの勇気をもって。私の名はエライア。どうか最後まで覚えていてほしい。

全ての物語は、人知れず繰り広げられた脱出劇から始まる。

＊

それは、私の婚約の儀式が行われる日の前夜のことだ。モーデンハイム家の巨大邸宅の自室に私はいた。

時に深夜、家族はもとより使用人ですら既に就寝していた。静寂の中でオイルランプ一つを頼りに、私は私信をしたためていた。それは、心から愛する人へと送る最後の私信だった。

――お母上様《かあさま》へ。

そう記された封筒に私信を入れ、蝋燭の火で溶かした蜜蝋で封をする。蜜蝋が熱いうちに私が書いた物であると証明する〝蝋印〟を押した。

蝋印には〝花押《かおう》〟と呼ばれる独特の筆記体が彫られている。我が国の上流階級である身分の者に一人ひとり個別に与えられているサインのようなものだ。当然、私には私の花押があり、この手紙が私《エライア》自身の手で書いたものであるとする証となる。

荷物をまとめ、衣類や装備を身につけ出立の準備を手早く終えると周囲を見回す。私が五歳のときに与えられた場所、それから一〇年、私を育ててくれた大切な場所だった。

「今までありがとう」

天蓋付きのベッド、幾段もの引き出し付きの机、友と語らったテーブルと椅子、物憂いときに何度も夜空を眺めたバルコニー、その全てに思い出が詰まっているが持って行くことはできない。意を決して立ち上がり、手紙を机の上へとそっと置く。

オイルランプを手にすると部屋から出て行く。ここへは帰らないだろうと決意して。

次に向かったのは隣の衣装部屋《ドレッサールーム》だ。そこには、私自身に降りかかった苦しみがあった。すなわち〝婚礼衣装〟だ。

純白のロングドレス、シュミーズドレススタイルで襟が首筋までを覆うハイネックが特徴的だった。さらには頭頂からつま先まで包み込むようなロングベール、純白のシルク地の上には光り輝くビジューがちりばめられている。それが部屋の中央にこれみよがしに飾られていた。

私は婚礼衣装を忌々しげに見つめながらスタンドから外す。そして、それを衣装部屋の隅の暖炉へと運ぶと投げ込んだ。さらにオイルランプも一緒に投げ込めば、オイルランプの油と炎で婚礼衣装は真紅に燃え上がった。

――ヴォッ!!

シルク地の婚礼衣装はよく燃えた。純白の布地が真紅の炎で焼き尽くされる顛末を見届けることなく立ち去ろうとする。そのとき私の目に映ったのは姿見の大鏡だ。夜の帳《とばり》の薄明かりに私自身の姿がはっきりと映し出されていた。

髪は銀色で純シルクのヘッドドレスをつけていて、その流れるようなロングヘアがかすかに揺れている。鏡の中に映る私の瞳は煌めくような碧眼《エメラルドアイ》だ。

不安に憂いを帯びていたはずのその瞳は、自分自身の姿を見つめているうちにその眦《まなじり》に力を取り戻していた。これからは自分の力で前に進まねばならないのだから。

そして、鏡の中の自分の装いを改めて確かめる。厚手の木綿地で足首丈のワンピースに女性用のロングコートを重ね、ハーフ丈のフード付きマントコート。足元はロングタイツにショートブーツを履き。さらに襟元にはスカーフを巻き、肩には大柄なショルダーバッグが斜めに下げられている。

できるだけ、身分がわからないように庶民的な服装を心がけたつもりだ。衣装の一つひとつを時間をかけて、誰にも悟られないようにしながら準備を重ねてきた。

次に足を向けたのは〝お兄様〟の部屋だ。部屋の空気は心底冷え切っていて、温もりは一切ない。主亡《あるじ》きその部屋の壁には肖像画が遺影のように飾られているだけだ。私はその肖像画へとそっと問いかけた。

「マルフォス兄様」

部屋の中にはその肖像画の他は本当に何もない。寂しげなつぶやきが部屋へと響くだけだ。私の兄を名乗るにふさわしい殊勲の盾も、武功の証となる武具もない。ただただ薄幸だった愛するお兄様の思い出を、じっと噛みしめるしかできない。

だが、私は語りかけた。その記憶を確かめながら。

「お兄様、私は、お兄様の分も自分の意志で生きようと思います」

返事はない。なぜなら私のお兄様は既に天界へと召されたあとなのだから。遥《はる》か前に精霊の導きにより天界へと旅立っていたのだ。それでも私はお兄様へと語り続けた。

「行ってまいります」

肖像画から感じるのはお兄様の優しげな視線だ。

――行くがいい、お前の望むままに。

今にもそう聞こえてくるかのようだ。私は今生《こんじょう》の別れとして一礼をする。そして部屋の扉を静かに閉めると、そこから立ち去った。

この時代、一家の長である父親の権限は強力だった。ましてや社会に対して絶大な権限を持つ上流階級の〝当主〟ともなれば親という立場を超え、一族を統率する絶対者として君臨することとなる。その当主が子らの願いや意思を聞き入れるかどうかは本人の胸三寸、親である当主が人格者であることを願う以外にない。だが悲しくも私の父はそうではなかったのだ。

巨大な邸宅内を一人歩き裏手へと向かう。途中、使用人と出くわすのを警戒したが、そこは運命の精霊が味方したのだろう。屋敷の中を通り過ぎ裏手へと抜ける。裏手には馬車置き場があり、そこである人に会う手はずになっていた。

「お嬢様」

私を待っていたその言葉に応え返す。

「セルテス？」

燕尾服にルタンゴトコート姿の執事、私の祖父の側近秘書をする人物だ。名前はセルテスという。彼は私が小さい頃からずっと私を頼もしく見守ってくれていた。幼い私のわがままにも穏やかな笑みで受け入れてくれた。今もまた、昔と変わらぬ穏やかな笑みで彼は佇《たたず》んでいる。

私は彼に問う。

「〝あの人〟は、まだ戻られておりませんね？」

「はい、旦那様はまだご婚礼先との会合の最中です。先ほど、先方の屋敷の従僕がそのまま先方に宿泊なされるとご伝言を承りました」

旦那様とは、私の父のことだ。

「〝あの人〟は今回の政略結婚がうまくいっているものと機嫌を良くしています」

私は父を〝あの人〟と呼ぶ、一切の親しみもなく。

「お嬢様。今が好機です。お急ぎください」

セルテスは準備の終わっていた二頭立てのブルーム馬車へと私を案内してくれる。そこでは駆者《ぎょしゃ》が発車の準備をしていた。私は馬車へと乗り込もうとする。だが、そこには想定外の人物が私を待っていた。

「来たか、エライア」

「お爺様!?」

それは他ならぬ私のお爺様だった。

黒いズボンにロングテールコート、さらにその上にロング丈のルダンゴトを重ねている。襟元にはクラバットではなく濃紺のスカーフ、頭には小振りの三角帽《トリコルヌ》。その手には上流階級としての嗜《たしな》みである黒檀《こくたん》の杖が握られていた。

威厳ある佇まいの私のお爺様の名前は〝ユーダイム・フォン・モーデンハイム〟といった。

真夜中の出奔という行為に、お爺様から叱責が飛んでくるのを恐れる。だが、お爺様は荒ぶることなく穏やかに落ち着き払って、私へと促す。

「座りなさい。周りに気づかれる前に出るぞ」

「はい」

お爺様の言葉は私に勇気を与えてくれた。安心して祖父の隣へと腰を下ろす。

私は窓を開け、最後の別れを敬愛するセルテスへと告げた。

「セルテス、今までありがとう」

端整な顔つきと理知的な言葉遣いが印象に残るセルテス。その彼の姿を改めて見つめると、彼との思い出が湯水のように湧いてくる。

幼い頃から無理の言い通しだった。進学の進路について、来る日も来る日も不安と悩みを聞いてもらったこともあった。幼い頃に飼っていた犬が病で死んだときに、命の意味と死の意味を教え諭してくれたのも彼だ。愛する兄を失ったとき、私の深い悲しみを一番に受け止めてくれたのも彼。

彼は私の全てを甘んじて受け入れて支えてくれた人なのだ。泣きたくなるのをこらえながら私は震える声で告げる。

「ごめんなさい、勝手なことをして」

彼とて私の〝出奔〟に加担したとなればただでは済まないだろう。現当主である父からどんな叱責を受けるやも知れないのだ。だがセルテスはそれを承知の上で協力してくれているのだ。

彼の覚悟に満ちた力強い声が聞こえてきた。

「お嬢様、ご心配は無用です。あとのことは全てこの私、セルテスめにお任せください」

それが彼の答えの全て。何があっても彼は私の味方なのだ。セルテスは笑顔で別れを告げた。

「いつかまたお会いしましょう。それまで、幾久しくお元気で」

その言葉が終わると同時に馬車は静かに走り出す。窓越しに館の方を見つめれば、セルテスはいつまでも私を見守ってくれていたのだった。

二頭立ての一台の馬車が、中央首都の夜道をひた走る。ブルームと言われる箱型の二頭立て四人乗りの馬車だ。馬車の両サイドにはオイルランプ製の灯火が備えられており、夜道を照らしている。夜空には雲が立ち込め、私は馬車の中から闇夜に沈んだ街を眺めていた。街の名は中央首都オルレア。

壮麗な伽藍《がらん》の建物が並び、街路は石畳とアスファルトで丁寧に舗装がされている。道端には文明的都市の象徴であるガス灯が一定間隔で並び夜の道を照らしている。

それは何年も見慣れた光景だった。馬車の窓から見える夜景の一つひとつに思い出がある。幼少期、初めて通った学び舎、親友たちと何度も歩いた繁華街、自分の人生を自分の意志で決めて門をくぐった軍学校の正門、親愛なる親友たちが暮らしているはずの邸宅も遠くに見える。

その一つひとつを思い起こしつつも、二度と見ることはないだろうと私は覚悟する。思わず涙が目尻に滲《にじ》んでくる。

「泣くな」

自分自身に言い聞かせる。覚悟した上でここにいるのだから。

再び窓の外を見れば親友たちとの思い出は遠くへと離れていく。私はただ自らの心の中で、親友たちへと別れを告げた。

『行ってくるね、みんな』と――。

お爺様が私を案ずるかのようにその肩をそっと叩いてくれる。私はお爺様に問いかける。

「ユーダイムお爺様」

その声にお爺様は柔和な口調で諭してくれた。

「さすがに親友たちに別れを言えぬのはつらいだろう。だが、お前自身が安全に出立するためには夜の帳に紛れる他はない」

「はい、承知しております」

それは既に覚悟したことだ。今さら後悔すべくもない。だがお爺様はこうも言った。

「私がお前の出奔を知ったのは今日の夕暮れ過ぎだ。セルテスに打ち明けられたのだ」

「セルテスが？」

「そうだ。お前の力になってほしいとな」

そう語るお爺様の声にはかすかな怒りが感じられた。

「お前の軍学校での輝かしい実績を全て無視して強引な婚姻の強行、普通の親ならそんな無慈悲なことはせぬ。さすがに承服しかねていた儂は対策を講じようとしていたのだが、そこにお前の出奔の知らせが舞い込んだ」

お爺様は少し困ったふうに笑みを浮かべてこう告げる。

「儂もさすがに驚いたぞ」

「申し訳ありません。お爺様」

私は思わず不安を感じた。だがお爺様は何よりも優しかった。

「なに、謝ることはない。お前が不当な婚礼から逃れ、自由を得るために出奔を決意したということぐらいわかる。だが、本当はそれだけではあるまい？」

お爺様は私の全てを見通していた。何を思い、何を覚悟して、モーデンハイム家から、そして、この中央首都オルレアから旅立とうとしているのか、その何もかも全てを。

「それは——」

私はお爺様に本心の全てを口にしようとした。だが、それを遮るかのように馬車はその速度を落とし始めた。私は思わぬ状況に不安を感じた。胸の中で心臓が鼓動を強く打っている。かたや、お爺様は駅者席に繋がる小窓を開けて問いかけた。

「何事だ？」

駅者が焦りを滲ませて、こう答えてくる。

「正規軍の軍警察です。停止を命じています」

それは起こってはならない事態だ。

「まずいな」

「いかがなさいますか？」

「どこの所属の者だ？」

「おそらく夜間の巡回警備部隊かと」

お爺様と駅者が対策を考えようとしているその隣で、私は自ら尋ねた。

「隊員たちの歳の頃は？」

「年齢ですか？　一八から二〇かと」

その答えに私は少し思案した。ある予感がしたのだ。

「軍学校を卒業して首都警備部隊に配属されてすぐ。もしかすると」

ぶつぶつとつぶやく私をお爺様が見守っている。私は馭者へと命じた。

「開けてください。私が出ます」

「お嬢様？」

驚く馭者に私はなおも言った。

「私が話します。想像している人たちなら話せばわかってくれるはず」

それは賭けだ。分《ぶ》の悪い賭けだ。だが私はその賭けに挑んだのだ。

自らの旅立ちを価値あるものへとするために。

「何か心当たりがありそうだな」

お爺様は私の言葉を信じてくれた。これから先、この程度のことを乗り越えられずに、次々に立ちはだかるであろう困難を乗り越えられるはずがないだろうからだ。私とお爺様の会話に馭者も動いてくれる。

「かしこまりました。少々お待ちを」

馭者席から降りる音がして、足音が回り込んで馬車の左側の扉が開けられる。

「どうぞ」

その言葉を受けて、私はタラップを使って降りて行く。馬車の周りには警備部隊の隊員たち

かりに違いない。

身を包んでいる。頭には警帽を目深《まぶか》にかぶっており、顔立ちからして新人として配属されたば

がいる。右手に官憲が所有する白塗りの長杖を持ち、濃紺のボタンジャケット姿の官憲制服に

かりに違いない。

「警備部隊の皆様、夜回りご苦労様です」

私は悪びれもせず落ち着き払って語りかける。凛とした礼儀正しい声が辺りに響いた。

彼らは馬車から降りてきた人物を目の当《ま》たりにして驚きをあらわにした。

「エライア?」

「上級侯族の馬車だとは思ったが、まさかモーデンハイム家のものだったなんて」

「こんな夜更けにどうしたというんだ?」

――上級侯族。

この国の上流階級は貴族ではなく〝侯族〟と呼ばれる。その昔、〝所領を有した諸侯とその一族〟という意味で用いられ始めた身分名称だ。私も身分としては侯族となる。まだ若さが残る新人隊員たちが矢継ぎ早に問いかけてきた。そして、その中の一人が強く声を発した。

「エライア!　軍学校で俺たちとともに学んで卒業までしたというのに、お前はいったいどこへ行こうというんだ?」

彼のその強い言葉には、私を大切な学友として案ずる思いが溢れている。その温かさと熱さを感じずにはいられなかった。だが私は落ち着き払って答えた。

「申し訳ありません。騒ぎにしたくないのです」

だが疑問を抱えたままの彼らは釈然とはしていない。それでもなお私は言った。

「どうかお察しください」

懇願する言葉に彼らの誰もが言葉を失いつつあった。状況が膠着《こうちゃく》したそのとき、歩み寄る人影が二つある。その片方が告げる。

「落ち着け、お前たち」

年の頃は二〇代中頃だろう。隊員たちの先輩のような風格だった。

「少尉？」

「エルセイ少尉」

少尉と呼ばれた彼は言う。

「騒ぎになれば彼女にいらぬ迷惑がかかる。お前たちはそれを望むのか？」

「失礼いたしました！」

先輩の叱責に隊員たちは敬礼をして後ろへと下がる。それと入れ替わるようにエルセイ少尉は進み出た。

彼は沈痛な面持ちで私の方を見つめている。私も真剣な表情で彼の言葉を待っていた。重い沈黙のあとにエルセイ少尉が厳しい表情のまま尋ねてきた。

「正規軍大学を飛び級で、しかも主席級で卒業するほどの実力のお前が、進路未決のまま予備役になったと聞いたときは、さすがに俺は信じられなかった」

〝予備役〟――本来は、正規の軍務を退いたのち、軍隊に籍を残したまま市民生活を送ることとなった者たちのことを指す。当然、それなりに年齢を経た人物が予備役扱いとなる。

「軍学校を卒業はしたものの配属先が決まらずに自宅待機、という異例の辞令だ。本来ならありえない。だがそれに畳みかけるように突然の婚約発表。もはや異例という言葉では済まされない」

その真剣味を帯びた言葉のあとに、エルセイ少尉は私をじっと見つめながらさらに尋ねてきた。

「今回の事態の裏に何かが画策されていると考えるのが当然だろう。教えてくれ。いったい何があったんだ？」

その強い言葉には、私のことを仲間として大切に思う気持ちが滲み出ている。さすがにそれを無視できるほど頑《かたく》なでも強くもない。

エルセイ・クワル少尉、私の軍学校時代の先輩格に当たる。いつでも冷静に落ち着き払い、感情を高ぶらせるようなこともない。指導や叱責は厳しかったが、理不尽なことはしない。その意味でも心から信頼できる人だった。無論、今もなお。

私は観念して静かに語り始めた。これまでの人生の中で味わってきた苦痛の数々を。肌寒い夜に語られ始めた私の記憶をみんなが、じっと聞き入ってくれていた。

「私の父は暴君そのものでした」

静寂の中で私の淡々とした声が響く。

「巨大な権力を持つ上級侯族の当主というのは絶対的な存在です。たとえ家族であったとしても逆らうことは許されません。それは皆様もよくご承知のことだと思います」

誰も否定せず、ただ静かに頷いている。

「普通なら当主でありつつ人の親として、それぞれを使い分けながら子を思い慈しむ。上級侯族の親とはそういう存在のはず。ですが、私の父は違いました」

私の声は震えていた。そこに滲み出る苦痛は目の前の彼らに伝わっていた。

「父にとって全てが自分の栄誉と立身出世のための道具。娘である私も、息子である亡き兄も、ただただ父の傲慢にひたすら耐える毎日。そんな私たち兄妹が自分自身を解放して胸を張って暮らせた場所こそが〝軍学校〟だったんです」

私はかつて彼らとともに軍学校に身を置いていた。そこは己の可能性を精一杯試せた唯一の場所だった。

「幼くして寄宿制の進路に入り、雑事の全てを忘れて学業と訓練に邁進《まいしん》する毎日。それは私が私であることを許された貴重な時間でした。だからこそ軍学校を卒業したあとも祖国の正規軍に身を置き、軍人として身を立てようと思っていたんです」

それが私のささやかな願いだった。だが悲劇は起きた。

「兄も私と同じように正規軍人を目指していました。ですが軍学校の卒業を控えたある日のことです」

私はそっと顔を上げると、みんなの顔を見つめながら語る。そして、ついに訪れてしまった惨劇を口にした。

「あの血も涙もない暴君は兄を無理矢理に軍学校から除籍させました！　そして実家へと連れ戻したんです。自分の従者として連れ歩くために！　自らの傀儡《かいらい》とするために！　酷使するために！

人生の行く先を閉ざされ、自由を奪われたことに耐えられなかった兄は、ついに精神を病みました。そしてついには――」

私の声は震えていた。言葉が出ない、喉から絞り出せない。その先に何があったのか？　語らねばならないが、どうしても声にできなかった。誰からも慰めの言葉すら出てこない。誰もがただ私の言葉に聞き入るしかできなかった。だが、悲劇の幕はそれで終わりではなかった。

「兄亡きあと、次期家督継承者を失った父はその埋め合わせを求めました。私に婿取りをさせて、その夫の方を自分の意のままに操ろうとしたんです。私に〝人生の全て〟を諦めさせて！」

固く固く握りしめられた私の両手には、耐えがたいほどの心の痛みが現れている。

「父は策を講じました。私を軍学校から無理矢理に連れ帰れば兄の二の舞となる。それを避けるため、私の夫候補を用意しつつも、私の正規軍への配属辞令を徹底して潰しました。勝手にどこにも行かないようにするためにです」

それは狡猾《こうかつ》そのもの。親としての情は微塵もない。

「そうして父は、行き場を失い途方に暮れる私に、婚約が既に決まっていることを突きつけました。拒否をすれば私には生きる場所がなくなる。逃げようにも、軍関係者にも学業関係者にも圧力がかかっています。私は絶望するしかありません」

語られた事実に誰もが言葉を失う中で、エルセイ少尉は私へと優しく問いかけてくれた。

「だが、お前は今ここにいる。新たな自由と可能性を掴み取るために決意して。そうだろう？」

それは優しくて、労わりと慈しみの言葉だ。だが優しい言葉は時にナイフのように苦痛を生み出す。その痛みの大きさに耐えかねた私は悲痛な叫びを上げた。

「当然じゃないですか！　私は、卵を生み続けるニワトリじゃない！　心を持った人間なんです！」

到底納得できる現実ではない。受け入れられる運命ではない。罪人だってもっとまともな扱いを受けるだろう。

「侯族の女子なら、結婚相手が自由にならないことくらい百も承知です！　一族の繁栄のために身をやつすことも避けられません。でもほんの少しでも、人として扱ってほしい！　暴君の監視のもとで、監禁されるような結婚生活なんか望む人なんかいません！」

溢れた叫びとともに私の右頬を涙が伝っていた。そして飛び出たのは私の心の底からの願いだった。

「私は私自身であると認められたい！　自分の生きる場所を、自分自身の手で掴み取りたいんです！」

それは魂の叫びだった。絶望しないために、希望を持って生きるために、命の底からの渇望だった。否、そう望まなければ、私は心の平穏を保てなかったのだ。

少尉は私の思いを理解しつつ、その身を案じてか、あえて強い言葉を投げかけてくれた。

「エライア。軍を離れ、侯族社会を離れ、本名と素性を隠しながら生きるのは並大抵のことではないぞ？」

「はい」

「それこそ泥水をすするような、餓狼のような生き方を強《し》いられるかもしれない。仕事の清濁など構ってられない。どれだけその身を汚《けが》すかもしれない。それでも、それでも本当にいいのだな？」

それはエールだった。私の覚悟を認め、その思いの深さを問う言葉だった。厳しさの中に深い思いやりが込められていた。少尉の言葉は私を落ち着かせてくれた。ゆっくりと息を吸う。

「承知の上です。今までの一五年間の人生の中で学んだこと全てを武器にして、自分が自分らしく生きることのできる場所を掴み取ろうと思います」

それは覚悟、私の覚悟の全てだ。

「そう、たとえ何年かかろうとも。どんな道を歩こうとも」

その覚悟を否定する者は誰もいなかった。

私たちのその傍らで、じっと見守ってくれているもう一人の人物がいた。エルセイ少尉たちの上司であり警備部隊の大隊長を務める上級侯族の人物、リザラム大佐だ。老境を迎えて身につけた落ち着いた雰囲気を伴いながら彼は進み出た。

「お急ぎを、そろそろ人がまいります」

その忠告を私は素直に聞き入れた。

「ありがとうございます。承知いたしました」

私のその感謝の言葉を耳にしながらも、リザラム大佐は部下たるエルセイたちにも告げる。

「お前たちは今夜ここで見聞きしたことを誰にも口外するな」

「はっ！」

隊員たちに言い含めると、大佐は数歩進み出る。そして、左手のオイルランプを手に馬車の中へと明かりをかざした。馬車の中、座席の背もたれの上ほどには、とある紋章が飾られている。

――人民のために戦杖を掲げる男女神の紋章像。

金の女神と銀の男神が精霊銀の杖状の一本の武具を左右から支えている構図で、私の実家であるモーデンハイム家本家を象徴するシンボルだった　オイルランプの光が、ルダンゴト姿のユーダイムお爺様を照らしている。車上からお爺様は語りかけた。

「職務中、横車を押すようですまない。リザラム侯」

だがリザラム大佐は言う。

「お気になさらず。それよりも、ご令孫の旅のご無事をお祈り申し上げます」

〝ご令孫〟とは高貴なる人の孫を指し示して言うための尊敬語だ。私も感謝を述べた。

「かたじけありません。リザラム侯」

だがリザラム侯は顔を左右に振った。

「我々は何も見ていません。ここは誰も通っていない」

そして彼は全てを覆い隠すかのように、オイルランプに付いているシャッターのレバーを操作して光を消した。

——シャッ。

小気味よい金属音が鳴る。

「お急ぎください。騎馬による定期巡察も動いています」

さらにエルセイ少尉も助言してくれる。

「このまま中央街路を北進するのではなく、東の二番環道を迂回した方がよろしいでしょう。あちらは商業地域へと向かう夜間の荷馬車が通りますので紛れるには好都合かと存じます」

「重ね重ね、ご厚情痛み入ります」

私のお礼の言葉にリザラム大佐は言った。

「礼はいい。お急ぎなさい」

その声に促されるように馬車に戻り、窓を開ける。窓から顔を見せる私にエルセイ少尉は言った。

「エライア、馬車から降りたら一刻も早く市街地から外へと出ることだけを考えろ。人目につかない郊外へと逃れることを目指すんだ。夜間でも、主要街道なら安全に歩くことができるだろう。そして、北部都市へと向かえ」

「北部都市？　イベルタルですね？」

「そうだ。商業都市として大きく発展しているし、外国人の流入も多い。モーデンハイム本家の追っ手から逃げるお前が身元を隠していても、職を得られるはずだ」

「はい」

「それから、くれぐれも怪しい生業の者たちに搦《から》め捕られるなよ」

「ありがとうございます。ご配慮痛み入ります」

そして別れの時を前にしてエルセイ少尉は強く告げる。私の心に残る強い言葉を。

「エライア、俺たちは同志だ。どんなに離れていても信じ合う仲間だ」

その言葉に他の隊員たちも頷いていた。長い時を同じ学び舎のもとで切磋琢磨しあったのは嘘ではないのだから。

「気をつけてな」

「縁があったらまた会おう」

「ともに轡《くつわ》を並べた戦友として！」

パシッ。

馭者が馬にムチを振るい馬車を走らせる。動き出した馬車の窓から外の光景を垣間見ていた。そこではリザラム大佐とエルセイ少尉たちが並んで、軍隊式の敬礼で私を見送ってくれている。

万感の思いを込めて。

「ありがとう、みんな」

だが、その感謝の言葉は届くことはない。再び走り出した馬車の中、お爺様が語りかけてくる。

「いい戦友《とも》を持ったな」

「はい、とても、とても素敵な戦友たちです」

軍学校でともに学んだ学友、幾度も指導鞭撻を受けた先輩。懐かしい思い出が脳裏をよぎっていた。それは郷愁よりも、勇気となり私を奮い立たせた。そして、不安な気持ちが少しだけ和らいでくれた。

「ユーダイムお爺様」

「なんだね？」

「お母様にも、くれぐれもお詫び申し上げてください」

伏し目がちに語る私の頭をお爺様はそっと撫でてくれた。

「気に病むな。これは致し方ないことだ。私も二度目の悲劇は御免だ」

二度目の悲劇、その意味が痛いほどにわかる。

「お前はお前の道を行きなさい。お前ならきっと自分だけの道を切り拓《ひら》けるはずだ！」

「はい」

「エライア、お前は悪くない」

その言葉が、私が胸の中に抱える心の痛みを少しだけ慰めるのだった。

そして、馬車は忠告通りに北進せず一度西へ向かい、街の外郭の環状道路を迂回する。そうしてオルレアの市街地を走り抜け、北部郊外へとたどり着いた。家並みは疎《まば》らになり、建物よりも自然の風景の方が多い。周囲に人家はなく衆目も心配ない。ここならば安全に出立できるだろう。

　誰が言うともなく馬車が停まる。扉が馭者によって開けられ、お爺様が先に降り、次が私。一つひとつ足取りを確かめるように馬車から降りて行く。

　その道のりはまだ夜の闇に沈み、星明かりだけが頼りという心細さだ。だが、それを打ち消し勇気を与えるように、私の脳裏には、かつての学び舎の恩師の言葉が脳裏をよぎっていた。

『人は時には運命に抗い、家畜のように飼いならされる安寧よりも、命がけで荒野で狩りをするような狼の如き道のりを往くことも必要だ』

　そうだ。それが今このときなのだから。その眼前を遥かに伸びていく道のりの先を見つめながら私はつぶやいた。

「私は家畜にはならない」

　つぶやきは夜の闇へと静かに響く。

「卵を産むことだけを求められる鶏のような生き方は選ばない。たとえ飢えてやせ衰えても、自らの意思で荒野を歩む狼の生き方を掴み取る」

　そうだ。まさにそのために、この場所に立っているのだから。

　でも――。

　今一度、最後に一度だけ、過去を振り返る。そこに佇むのは最愛のお爺様だ。私はお爺様に別れの挨拶を述べようとする。だが、お爺様はそれを遮るように一言告げた。

「お前に渡す物がある」

お爺様は布地にくるまれた棒状の物を私へと差し出してくる。

「これを持ってお行きなさい。不憫《ふびん》なお前へのせめてもの手向《たむ》けだ」

それは私の腕一本分くらいの長さがあり、なかなかに大きい物だ。恐る恐るそれを受け取る。

「ありがとうございます」

礼を述べて包みの中を確かめる。だが、そこから出てきた物に私は驚きを隠せなかった。

「こ、これは？」

私は言葉を詰まらせた。それは明らかにこの場にあってはならない物だったからだ。

「よ、よろしいのですか⁉」

目を剥《む》いて驚く私に、お爺様は柔和に微笑みながら答えた。

「言ったであろう？　お前への手向けだと」

「しかし、これはモーデンハイム家の家宝！」

私は思わず反駁《はんばく》する。だがその声を強い言葉で遮ったのは他ならぬお爺様だ。

「何が家宝だ。二人しかおらぬ子供を幸せにできぬ御家の家宝など、なんの意味があろうか」

それはお爺様の胸中にあった憤りそのものに他ならない。私がそれを受け取ることに戸惑いを見せるなかで、お爺様は強い力でしっかりと〝家宝〟を私に握らせた。そこには何よりも強い温かさがあった。

「これはお前が持つべき物だ」

それは家宝、モーデンハイム家にて代々継承される武具。その名は、

――戦杖《せんじょう》〝地母神《ガイア》の御柱《みはしら》〟

大地の精霊の力を操ることのできる強力な精霊武術具だ。私はそこにお爺様の強い意志と、何よりも深い優しさを感じた。

私の中からためらいの心はすぐに消え去り、感謝の念が胸の中を満たしていく。

「確かに〝地母神の御柱〟、拝領いたしました」

家宝という重い存在を受け入れた私に、ユーダイムお爺様はさらにもう一つを差し出した。

「それからこれも持ってお行きなさい」

それはコインの大きさほどの陶器製の卵形のペンダントだ。星明かりを受け薄緑色に輝くそれを私の首にかけてくれた。

「いいかね？　お前がもし抜き差しならぬ窮地に立たされたのなら、そのペンダントの〝中身〟を使いなさい。きっと、お前を救ってくれるはずだ」

首にかけられたそれを、私はしっかりと握りしめる。自然に感謝の言葉が溢れ出た。

「ありがとうございます。ユーダイムお爺様」

ペンダントを着衣の中へと隠しながら託された戦杖を手にする。そして覚悟とともに私は別れの言葉を口にした。

「お爺様、数々のご厚情、本当にありがとうございました。それではこれにて出立させていた

だきます」

　いよいよ、旅立ちのときだ。

「達者でな」

　私を見送るお爺様の声はどこか寂しそうだ。それに対して詫びる気持ちをこらえながら私は応えた。

「お爺様も、幾久しくお元気で」

　そう言い残し、軽く会釈をして身を翻《ひるがえ》して、まだ見ぬ土地へと歩き出す。

　そのときだ――。

　私たちの頭上を覆っていた黒雲が左右に割れる。溢れんばかりの月明かりが降り注ぎ夜道を照らす。闇に隠れていた旅路の行き先を顕《あらわ》にしながら。

「天もお前の旅立ちを祝福するか」

　お爺様が独り言《ご》つが、私は振り返らなかった。確かな足取りで夜道をひたすらに歩いて行く。

　私は国を代表する高家の一つ〝モーデンハイム家〟の当主の長女だ。だが、その身分も今宵《こよい》まで。理不尽なしがらみとともに、家を捨て、家族を捨てた。そして、不確かな未来とともに、限りない自由を手に入れた。

　時に五月、まだ夜風が寒い晩春のことだった。

＊

それからオルレアの街をある風聞が駆け巡った。

フェンデリオル国の上流侯族の一つ〝モーデンハイム家〟、その当主の息女にして長女〝エライア・フォン・モーデンハイム嬢〟が失踪したという噂だ。

時にエライア嬢は、かねてからフェンデリオル国の中央首都軍学校にて学んでおり、極めて優秀だったといわれ、軍学校を飛び級で、しかも主席で卒業したという。しかし、卒業のあくる日から衆目の前に一切その姿を現さなくなった。

街の人々は様々に風聞しあったが、答えが出るわけもない。しかも上流階級で、高家の令嬢であるから無責任なことは口にできない。ただ、モーデンハイム家の広報官が、

「当家のエライアお嬢様は隣国ヘルンハイトへと長期留学に旅立たれました」

――と述べるにとどまった。何者もそれ以上の追求はできず、街の噂も早期に風化した。しかし、納得している者は誰もいなかった。

これが世にいう〝モーデンハイム家令嬢失踪事件〟の知られざる顛末《てんまつ》である。

＊

そして、私《エライア》に関わる人物がもう一人いる。彼女は、私が残した手紙を受け取っていた。

それは、私の母だ。

母は私の出立にも、私が残した私信の内容にも、何も語りはしなかった。ただひたすら沈黙を守り通した。その手紙を宝物のように、ひたすら大切にしていたそうだ。

幕間：バルコニーと手紙と一枚の写真

フェンデリオル国、中央首都オルレア――。

一シルド八アレーオ（約五キロ）の円形の都市、セントラルエリアを中心として七重の環状道路がぐるりと取り囲んでいる精緻《せいち》で美しい大都市だ。

その南部の一角に上流階級が占める高級住宅地があるが、その中でも一、二を争う広大な敷地を有するのが〝モーデンハイム家〟だ。

広大な敷地の真っ只中に立つ二階建ての白亜の巨大な邸宅が、モーデンハイム家の本邸。その本邸建物の中央脇に、半円形のバルコニーがある。周囲を庭園に囲まれて、陽光が降り注いでいる日は冬でも暖房なしにくつろげるほどの暖かさに満ちていた。

バルコニーの中ほどにはテーブルクロスのかけられた丸テーブルがあり、茶器のセットが並んでいる。ガラス製の円筒型のティーポットの中には黒い茶が淹れられている。フェンデリオル古来の飲み物である黒茶《くろちゃ》だ。テーブル脇には白い肘掛け付き椅子があり、そこにある程度の年齢を経た淑女が物憂げに空を仰いでいた。一人の侍女が黒茶をカップに注ぎ、その婦人にすすめる。

「どうぞ」

「ありがとう、ここはもういいから下がって頂戴」

「かしこまりました」

丁寧に結い上げた長い銀髪に翠眼の美女、歳の頃は四〇過ぎだろう、当世の流行のシュミーズドレス——その中でもソフトコルセットを用いて体型を抑えた、上品で清楚さを重んじたリージェンシースタイルのモーニングドレス——を纏《まと》っている。さらにその上にハーフ丈のローブを羽織っていた。女盛りと呼ぶにふさわしい美しさと色香を兼ね備えた麗人だった。

彼女は椅子に腰掛けたままバルコニーから遠くを眺めていた。侍女は会釈すると静かに下がる。銀髪の美しい婦人は周囲に誰もいなくなったことを確かめて、テーブルの上に置いた手提げ鞄《レティキュール》を手に取った。そして、その中から取り出したのは擦り切れた古い手紙だ。

寂しげな表情で彼女はその手紙を開いて眺めた。

私信
母君、ミライル・フォン・モーデンハイムへ

この度は無断で親元を離れる不孝をお許しください。

敬愛していたお兄様の自死の理由ともなった、横暴極まりない暴君そのものである〝あの人〟から離れて、自分一人の力でこれからの人生について試してみたくなったのです。

これまでの一五年間、慈しみ育ててくださったことは心より感謝いたしております。その思いに嘘偽りはございません。

ですが、その御恩に報いることなく、勝手な振舞いに走ること心よりお詫び申し上げます。最後に一つだけお約束できるなら、この身を立てて独り立ちすることができたなら、いつの日か胸を張ってこの御家に帰って来たいと思います。それまで何年かかるかわかりません。ですが、そのときまでお健やかにおありください。今までありがとうございました。

娘子《ひすめご》、エライア・フォン・モーデンハイムより

その手紙に何度も視線を走らせると、大切な宝物であるかのようにそっと畳む。すると邸宅内から一人の老人が現れ、その婦人に声をかけた。

「また、ここにいたのかミライル」

「ユーダイムお義父様」

「お前の姿が見えなかったのでな、たぶんここだろうと思っておった」

その老いた男性は、シャツ姿にダブルボタンの革ベストとルダンゴトを身につけている。襟元には白い布のクラバットが巻かれ、頭にかぶっているのは小振りの三角帽《トリコルヌ》だ。老いてなお視線は鋭く意志の強さを感じさせた。婦人からユーダイムと呼ばれたその老人は、もう一つの別の椅子に腰掛けながら、自らがミライルと呼んだその女性に語りかけた。

「また、その〝置き手紙〟を見ていたのか」

ミライルの手に携えられているそれは、丁寧に取り扱われていたが度々読まれていたのだろ

う、無数のシワが刻み込まれている。ユーダイムの問いかけにミライルは手紙を握りながら、穏やかに語り始めた。

「あの子の旅立ちは、あの子自身の意思で始まったことです。それは親として頭ではわかっているのですが」

「エライアか、旅立ってからもう二年になるのだな」

「はい」

ミライルは語る。

「あの子は、エライアは苦しんでいました。兄であるマルフォスの死、そして父親の無理解。それに答えを出すために自ら始めたこと。それを後押しするのは親の役目です。ですが――」

言い澱《よど》むミライルに、ユーダイムは諭す。

「気に病むな。自らの子供を見守り応援するのも、案じて自らの手の内に置きたいと思うのも、どちらも親として正しい心のあり方だ」

「はい」

そうポツリと漏らすミライルの目元には涙が滲《にじ》み出ていた。そんな彼女にユーダイムはある物を懐から取り出した。

「実はな、これを見つけたので渡そうと思ったのだ」

ユーダイムが差し出したのは一枚のセピア色に色あせた写真だ。手のひら大のそれが革製の表紙付き台紙に貼られている。そして、そこに写っていたのは一人の少女。年の頃は六歳くらいだろうか。白黒だが髪はミライルと同じように見える。眼もおそらく同じ碧眼だろう。顔立ちも似たものがある。少女はボタンジャケット風の制服を着こなし、カメラへと視線を向けていた。

「これは?」

「エライアが幼年学校に通っている頃の記念写真だ。主立った写真は〝あいつ〟がエライアの出奔以後に始末してしまったが、これだけは私のところに残っていた。私よりお前が持っていた方がよかろう」

「ありがとうございます、お義父様」

ミライルはそれを受け取ると、手紙とともに自らの手の内にしっかりと閉じこめた。二度と失わぬように。

物憂げにそれを見つめるミライルに、ユーダイムは告げた。

「案ずるな。エライアを信じてやれ。あの子は誓ったのだ。志を為したならこの家に帰って来ると」

そして、ユーダイムは立ち上がりミライルのそばへ行くと、その肩をそっと叩きながら言った。

「〝信じる〟ことこそが、親として一番の役目だ」

その言葉を残しユーダイムは去って行く。あとに残された母ミライルは写真にそっと手で触れる。

「エライア、あなたは今、どこの空のもとを歩いているの？」

そのつぶやきに答える者は誰もいなかった。

第１章

ルストと曲者傭兵たちの混成部隊

傭兵の少女〝エルスト・ターナー〟は傭兵としてはまだ駆け出し。母の治療費を得るために屈強な男たちの中に交じって仕事を探す日々。

そんなエルストはある日大きな仕事を得るが、不測の事態から初めての小隊長職を任される。だが、西方国境付近の乾燥地帯を哨戒するその任務では、一人の不良傭兵に手を焼かされることになる。

それでもなんとか任務をこなす彼女を待ち受けていたのは……。

第1話：傭兵少女と仕送りと仕事探し

太陽が頭上から傾きかけた昼過ぎ、鬱蒼《うっそう》とした杉林の木々の合間から、一本の槍が突き出される。

――ブォッ！

気配を察して咄嗟《とっさ》に体を後方へとずらし、槍の切っ先を紙一重でかわす。視界の中で銀色に光る刃が通り過ぎていく。私は、体を後方へとスウェーさせる動きと同時に、手に握りしめていた長柄のハンマー型の武器を、下から斜め上へと振り上げるように繰り出した。

――ガッ！

鈍い音がして骨が砕ける。襲撃者の顎《あご》にまともに当たったのだ。足元を踏み直して踏ん張ると、そのまま頭上に武器を振り上げて襲撃者の頭部めがけて振り下ろす。敵は頭に革製の防護具をつけていたが、私はそれごと頭蓋骨を打ち砕いた。敵の死を確認して次の行動に移る。

そのときの私の装いはといえば、ノースリーブでダブルブレスト――ボタンが二列になっているタイプ――の黒いロングスカートワンピースにボレロジャケット、足にはレギンスを穿《は》きショートブーツ。さらにその上にハーフ丈のマントコートを羽織っている。これが私の仕事のときの定番の装いだ。銀色のショートヘアを揺らしながら大声で周囲に伝えた。

「敵襲！」

一列縦隊で林業用の植樹林を移動していたのだが、想定外の敵に待ち伏せ《アンブッシュ》を仕掛けられたのだ。ここで本当ならば部隊全員で一斉に警戒行動に移るべきなのだが、返ってきた言葉は情けないシロモノだった。

「え？　どこに？」

情けない声の主は、なんの考えもなしに私の後ろをついて来た若い男だ。ズボンに野戦用ジャケット、革製の下半身用軽鎧、さらに夜戦行軍用のマントを羽織っている。その腰には〝牙剣〟と呼ばれる私たちの国独自の刃物も下げられている。見かけだけならばいっぱしの傭兵だ。でも、外側と中身は大違いだ。

――ヒュッ！

――！

背後の彼の頭部を狙って物陰から弓矢が放たれる。伏兵が殺意を込めて撃ったのだ。

「うぉっ！　あぶねぇ！」

重ねて情けない声が聞こえる。明らかに私よりも年上なのに警戒心のかけらもない。下手に関わり救いの手を差し伸べて、巻き添えを食ったらたまらない。私は彼から距離を置くことにした。

周囲を見回し現状を把握する。伏兵の数はそう多くはなさそうだ。一斉射撃を狙ったのではなく不意打ちで一人か二人、こちら側の数を減らそうとしたのだ。足元の手頃な大きさな小石を左手で拾い上げて軽く空中に放り投げる。そして右手に握りしめた愛用のハンマー型の武器を後方へと思い切り振りかぶる。

「精術駆動！　礫弾撃！」

ハンマー型武器の打頭部がかすかに火花を散らす。振りかぶった勢いのまま小石を叩けば、衝撃は倍加されて銃の鉛弾のように小石の飛礫《つぶて》は飛翔する。

――ドゴッ！

先ほど矢を放った伏兵が私に頭を砕かれて崩れ落ちた。

「これで二つ」

自分が仕留めた首級を数える。警戒を緩めずにさらに周囲を観察すれば、それ以上の攻撃はなかった。隠れていたのはせいぜい三人か四人だろう、葉擦れの音が聞こえて人の気配が離れていく。別動の本隊に報告をしに行くはずだ。

「まずい」

私は焦りを口にした。伏兵に四人、そのうち二人が攻撃役、残りの二人が連絡役と考えるなら、偵察役四人に見合う規模の本隊がいると考えるべきだろう。当然、じきにこちらを襲ってくる。自分たちの存在をおおっぴらに知られないために。山中に潜む襲撃者――、すなわち〝山賊〟ならば当然の行動だからだ。

私は身につけていた黒いワンピースの裾を翻し、ボレロジャケットの袖を振りながら、ある人物を捜した。九人から成る私たちを率いている部隊長だ。年の頃は四〇くらい、それなりに実績を積んだ今回唯一のベテランだった。私は彼の名前を呼んだ。

「オーバス準一級！」

私の呼びかけに彼は振り向いた。白髪の混じった赤毛の威丈夫、頬に向こう傷がある。彼もまた張り詰めた表情をしていた。

「ルストか」

彼は私の名前を呼んだ。

「状況を確認したいんです」

「俺もお前に相談しようと思ってたところだ」

彼はそう言いながら周りにチラリと視線を巡らせた。

「お前以外は役に立たん」

ぼそりと吐き捨てる。ベテランならではの人材に対する厳しい審美眼がそこには働いていた。

「三級のひよっこか、資格だけの中身のない二級の寄せ集めだからな」

「烏合《うごう》の衆ですね」

私は自虐的に言ってみせる。

「否定はせんよ」

私たちの会話に周りの連中は気づいていない。それぞれバラバラに周囲を見回したり呆然と立ちすくんだりしている。本来なら隊長格の人物の指示を待ち、勝手な行動は慎むべきだ。そこには信用できるような人間はいなかった。

「林業用の植樹林の巡回警備という名目でしたからね」

私の言葉に彼は言う。

「安い見回り仕事、駆け出しのひよっこ連中が手を出しやすい楽な仕事――、に見せかけたんだろうな」

「やはりそう思いますか？」

「ああ、でなければこんな安仕事に、俺のような人間に〝直接指名〟はかからんよ」

私たちは軍人でも冒険者でもない。私たちの国独自の職業〝職業傭兵〟という存在だ。軍人がいて、市民義勇兵がいて、三番目の存在が私たち職業傭兵だ。金銭の報酬で依頼された仕事を請け負うのだ。

ちなみにオーバスさんは準一級で、傭兵の五つの階級の中の上から三番目に当たり、その下が二級と三級と続く。私は二級だ。総数九人いるメンツの中で、指名がかかって呼ばれたのはオーバスさんだけだ。残りは自分から案件に応募した。

「今回の仕事は、敵の出るはずのない林業用の植樹林の見回りという、誰でもできる仕事――のはずだったんですけどね」

「それが一気に殉職者の出かねない高難易度の案件になってしまったわけだ」

「そうですね」

私は大きくため息をつく。苛立ちを隠しながら。

「おそらく最初からこれを狙っていたんだと思います」

「安い報酬で難しい案件を処理させるためにか？」

彼の問いに私は答えた。

「ええ、おそらく山賊か盗賊団の根城《ねじろ》が近くにあるんだと思います。うまい具合に問題の存在を見つけさせて、それを正規軍かどこかに通報させる。そのつもりだったんでしょう」

「接触時に生命危険のある敵対存在を探索する仕事と、単なる植樹林の見回り警備では、その危険度が違う。当然、設定される支払報酬額も変わってくる」

彼は苦虫を潰したような顔で吐き捨てた。

「わかりやすい話、報酬《ギャラ》をケチったんだ。小狡《こずる》い依頼主だ」

「ほんとひどい話です」

「ああ、直接ぶん殴ってやらんと腹の虫がおさまらん」

「まったくです」

でも今はそれどころじゃない。

「それよりも急いで撤収しましょう。敵の本隊と接触すればただでは済まない」

「無論だ」

私たちは頷き合った。オーバスさんが声をかける。

「お前ら、集まれ」

その一言が、私たちがいかに経験のない役立たずの集団かということを表していた。正体不明の敵の存在、依頼内容と現実が著しい食い違いを見せている最悪の状況、そんな状況なのにそれぞれが隊長の許可も得ずにバラバラに動いている。本来ならば指示があるまでじっと動かないのがセオリーだが、それすら守れないのだ。でも、隊長の呼びかけにすぐに集まっていたのは唯一褒められた。

果たしてこのメンツでどこまでやれるのか、嫌な予感は容易には消えてくれなかった。オーバスさんがみんなに対して真剣な表情で言う。

「撤収するぞ。速やかにこの場から離脱する」

私より年上の一人の女性が意見した。

「依頼任務を放棄するんですか？」

「結果としてそうなるが、依頼そのものに虚偽があるとわかった以上、傭兵としてこれ以上命はかけられん」

私はそこにさらに付け加えた。

「適正な依頼があって初めて成り立つのが私たちの仕事ですから」

否定する声はかからなかった。

「わかりました」

「了解！」

「それでは戻るぞ。隊列を再編制する。ルスト、お前が先頭になれ。俺が殿《しんがり》となる」

戦闘部隊の隊列には役割がある。正面警戒と誘導役の先頭と、一番後ろで敵の接近を警戒する殿だ。

即座に一列縦隊の陣形ができあがる。その数九名。私たちはすぐに動き出した。

「行動開始」

その言葉とともに私たちは歩き出した。一刻も早くこの場から離れなければならない。そうでなければ、圧倒的な戦力差で一網打尽にされかねない。

しかし、危機意識を持って速やかに移動しようとする私とオーバスさんと、そうでない他の連中との間では動きに違いがあった。どうしても歩みが遅い。私は彼らに言った。

「急いでください。もたもたしているとさらに状況が悪化します」

すると一人が声を発した。

「なんでお前が命令してんだよ？」

少しガタイのいい筋肉質な体の男性だ。その不満をオーバスさんが封殺する。

「俺が任せた。不満か？」

準一級の彼の言葉は重い。否定の声は出ない。速やかに移動を再開する。それから無言で黙々と山を下りる。つづら折りの山道は思いの外歩きづらい。だが、とにかく急がなければならない。そう思いながら足早にひたすら歩いていた。

ふと視界の片隅に見えた小枝に、野鳥が一羽止まっている。それが私たちが接近するよりも前に飛び去った。

「え？」

その光景に私は戦慄した。野鳥に、私たち以外の警戒すべき〝何か〟が迫っているのだ。

「みんな急いで！」

私がみんなにそう告げたときだった。

――ダーンッ！

甲高い破裂音が聞こえた。どこかで〝銃〟が撃たれた。明らかに狙撃。直感的に嫌な予感がした。

振り向いた私の視界の中で、今回唯一信頼できるベテランであるオーバスさんがゆっくりと頽《くずお》れていく。彼は脇腹を押さえていた。撃たれたのは右腰だ。彼と目線が合った。

――俺のことに構わず行け。

――申し訳ありません。そうさせていただきます。

言葉ではなく視線で瞬間的にやり取りする。そして私は叫んだ。

「走れ！」

すると一人が言う。

「隊長が！」

負傷者としてオーバスさんを連れて行きたいのだろう。だがそんな余裕はない。

「バカ！　死にたいのか！」

こうなったらこんなバカ連中には構っていられない。私は率先して走り出した。すると後ろの連中も慌ててついて来る。一人、オーバスさんを残して。二発目、三発目と鉛弾を撃ち込む音がする。幸い、改めて撃たれた者はいない。私たちはかろうじて敵襲から逃げ出した。

私たちは山道をひたすら走った。山腹の中ほどくらいまで下りてきたときだ。少し開けた場所にたどり着いた。一旦ここで小休止を取るしかないだろう。全力で走り続けて体力を使い切ればそこでおしまいになる。

私が足を止めれば後続の連中も足を止める。背後を振り返り目視する。欠けた人間はオーバスさんを除いていない。

「全員揃ってますね？　少し休憩してさらに距離を稼ぎます」

私はそうみんなに命じる。ほとんどが頷いてくれたその中で、先ほどの筋肉質な体の男性が声を上げた。

「おい、なぜ部隊長を置き去りにした！」

「助ける必要があったのですか？」

「当たり前だろう！　負傷者を回収しなくてどうする！」

こんなときに言い争いをしている場合ではないのに。状況認識能力のなさに、私は呆れるより他はない。

「助けることは不可能です。麓まで連れて行く間に死体が一つ増えるだけです。オーバスさんが撃たれたのは右脇腹、肝臓のある辺りです。意識ははっきりしていても、腹腔内で大量出血は避けられません」

「確かめたわけじゃないだろう！」

「だったら、お一人でどうぞ！　部隊全体を危険に晒《さら》すわけにはいきません！」

私がなぜ隊長であるオーバスさんを置き去りにして来たのかその理由を口にすれば、みんながハッとした表情で頷いてくれたのが幸いだった。

「正規軍の緊急時の対応規定にも『腹部への被弾や怪我は適切な治療が確保できない限りは運搬の必要なし』と明記されています！　数多くの医療所見から策定された規定です！　それほど腹部への被弾は生存率が低いんです！」

私の剣幕に呑まれたのか筋肉質な体の彼は一気に黙り込む。私は彼の気持ちを汲むことにした。

「お気持ちはわかります。ですが回収可能な負傷状況と、置き去りにせざるを得ない状況を見極めなければなりません。優先すべきは、一つひとつの負傷者ではなく、部隊全体の安全を確保することです。オーバスさんもそれはわかっているはずです」

そして私はみんなの疑問を断ち切るようにこう言った。

「置き去りにしないでくれと〝彼〟は言いましたか？」

その言葉がみんなの表情を一変させた。若い一人の男性が言葉を漏らす。

「自分の死を覚悟して――」

そういうことなのだ。時には、自ら生存を諦めざるを得ないときもあるのだ。そしてそれこそが〝戦場の現実〟だ。

「それに胴体を打たれた場合、下手に動かすよりも、その場に放置した方が生存の可能性は上昇します。敵がとどめを刺したのでなければ救援が間に合えば助けられるでしょう」

そこまで聞かされてやっと溜飲《りゅういん》も下がったのだろう。彼は言った。

「大声を出してすまない。俺が甘かった」

「いえ、致し方ありません。仲間を置き去りにするのは誰でもつらいことですから」

そして彼は言った。

「あんたの名前を聞かせてくれ」

その一言がみんなの視線を私の方へと集めた。私は答える。

「エルスト・ターナー二級傭兵です。よろしくお願いいたします」

「わかった。これから先はあんたを暫定の隊長として認める。お前らも異論はないな？」

彼の呼びかけに否定の声は上がらない。

「異論ありません」

「俺もだ」

「私もです」

「私も」

全員が初めて意思を一つにした瞬間だった。一人の喪失をきっかけにして、全員の危機意識がまとまったのだ。

だが、そこからの敵の行動もとても速やかだった。背後から敵が迫っている。その現実に全員が気持ちを一つにしていた。私たちは雑魚の集まりだ。経験の浅い駆け出しと若造と、いまいち本気度のない中途半端な中堅、そして私。それが傭兵ギルドの募集告知を目にしてたまたま同じ場所に集まっただけに過ぎない。しかし、どんな任務に応募しても同じだ。自分以外の他の傭兵たちとその場限りの即席のチームワークを作って任務を遂行するしかないのだ。

少しずつ頭上が暗くなり始めていた。夕暮れが近づいている。状況がさらに悪化している。ここが敵のテリトリーであることを考えれば、日が沈んで真っ暗になると、私たちの方が圧倒的に不利だ。否、絶望的だ。それでも私たちは生き延びなければならないのだ。自分自身のために。

黙々と道を歩いていた私の耳に、葉擦れのかすかな音が聞こえる。それは〝死の予兆〟。私は叫んだ。

「周囲警戒！」

全員が一斉に武器を取る。そのときの様相を私は瞬時に読み取る。

「牙剣持ち四人、弓一名、槍一名、大杖一名――」

私は問いかける。

「〝精術武具〟持ちは？」

その問いかけに槍持ちと大杖持ち、さらに牙剣持ちが一人、反応した。私は問う。

「この中で一番足が速いのは？」

一番細身な牙剣持ちの女性が手をあげた。

「私です。風精系の精術武具で加速移動ができます」

そう言いながら、彼女は右腰に下げた小振りなナイフのような武具を取り出して見せる。真剣な表情の彼女に、私は託すことにした。

「一人先行して麓の村に連絡してください。そして村の責任者に市民義勇兵の緊急動員を依頼してください。可能であれば正規軍の軍人に連絡を取り、軍の動員もお願いいたします」

私の言葉に彼女ははっきりと頷いた。まだあどけなさの残る雰囲気の彼女だが、今ならば信頼できるかもしれない。

「了解、直ちに向かいます」

そして彼女は一人離れると聖句を口にした。

「精術駆動！　シルフィードの飛翔！」

〝精術駆動〟がアイテムの能力起動の合図で、そのあとに固有能力を象徴するキーワードが詠唱される。それが私たちの民族固有の精霊科学アイテム〝精術武具〟の使用の際のセオリーだ。

我が国フェンデリオルの大地から豊富に産出されるラピス鉱石から生み出される精霊感応素材・サイオラピスと、使用者の認識の中の作動理論、そして術を発動させる際の聖句詠唱《キーワード》、この三つで成り立っている。

連絡を依頼したあの彼女は、自らの周囲に風を纏《まと》いながらものすごい勢いで一気に離れて行ったが、これは右腰に下げたナイフ型のアイテムがその持てる能力を遺憾なく発揮しているからだ。

次はこちら側の態勢づくりだ。私は宣言する。

「二人一組で行動してください。その際、遠距離攻撃能力者と近接戦闘能力者でペアになること」

私のその言葉に一人の男性が言う。

「遠距離主体で攻撃して、もう一人が周囲警戒と防御役に徹するわけか」

理解してくれる人がいると話が早い。

「そうです。敵に接近を許さず数を削り、その間に退路を確保します」

先ほど気の抜けた返事をしていた彼が聞いてきた。

「あんたはどうするんだ？」

「私は単独行動を取ります。おそらく襲撃者にも指揮系統があるはずです。その要《かなめ》となっている人物を探して叩き潰します」

状況としてはこれしか考えられない。私を含めた七人が一斉に展開して戦闘を行っても、個々の戦闘能力が低いから犠牲者の発生は避けられないだろう。ならば二人一組とすることで生存の可能性を上げられる。そして、私なら持っている能力をフルに駆使すれば敵の撃破は可能なはずだ。あの筋肉質な体の彼が言った。

「生存の可能性を最優先して、その間に救援を待つわけか」

「そうです。逃げ切るのが不可能ということであればそれしか手はありません。ですが！」

私は一際強く大声を出した。

「連絡役に向かってくれた彼女を信じましょう。彼女の精術武具の能力なら時間的な問題は解決可能です」

足で走って行くなら間に合わないが、精術武具の力を借りれるのであればまだまだ可能性はある。

「生き残りましょう！　それが私たちに生き残るチャンスを作ってくれた部隊長の意志に報いる、唯一の術《すべ》です」

みんなが頷いてくれた。そこにはもう気の抜けた雰囲気はない。経験が浅いとはいえ彼らも立派な職業傭兵なのだから。

その場で即興でペアが作られ、周囲に展開して戦闘準備が完了する。私も腰に下げていた愛用の武器を改めて手にした。私は叫んだ。

「戦闘準備！」

「了解！」

全員の揃った声が聞こえる。さぁ〝死に物狂い〟の始まりだ。

〝山賊〟にも色々な種類がある。ゴロツキや窃盗崩れを寄せ集めただけの烏合の衆から、普段からよく訓練され極めて統率のとれた〝山岳マフィア〟と呼ぶにふさわしい連中まで実に色々だ。私たちが遭遇した彼らは、間違いなく後者だ。そうでなければこれほどまで見事な待ち伏せや伏兵、先遣隊を派遣したりなどできはしない。首領格が相当に軍事的知識に長《た》けていると判断するしかない。

そして、ここは敵の縄張りだ。彼らの方が圧倒的に有利なのは言うまでもない。ならばこちらは可能な限り手を尽くして情報を集めるべきだ。

私は自らが手にしている愛用の武器を使うことにした。手にしていたのは柄《つか》の長いハンマーステッキ状の武器だ。これは私たちの民族固有の戦闘武具で『戦杖《スタム》』という。通常は紫檀や黒檀などの硬い木材で作られるが、私のは戦闘力を上げた総金属製だ。それをハンマーとしての打頭部を下にして地面へと突き立てた。軽く意識を集中して聖句を詠唱する。

「精術駆動！　質量分布探知！」

――コォォォン。

詠唱とともに極めてかすかな音が響く。そして、目に見えないさざなみが周囲へと広がりその一部が返ってくる。

（ひとつ、ふたつ、みっつ――）

私は無言で左指を広げて周囲に見せる。五本指と四本指、足して九、敵の総数は九人、予想より少ないのが幸いだった。私の仕草の意味にみんなが気づいて無言で頷いてくれた。ここで、改めて部隊のメンバーの名前と能力を思い出す。部隊長をやっていたオーバス準一級を除外して、元軍人崩れのマイツェン二級、私以外では唯一の二級職だ。以下、三級ばかりで、双剣使いのウルス、筋肉自慢のピカロと男性たちが続く。残り三人はいずれも女性だ、槍持ちのリマオン、弓持ちのフレーヌ、大杖持ちのキーファァー、この他に伝令役を引き受けてくれたエアル、コレに私を含めて八人となる。うち一人はこの場にいないので残りは七人だ。

組み合わせは、マイツェンとフレーヌ、ウルスとキーファァー、ピカロとリマオン。それぞれの組み合わせがいかなる結果を生むかは、彼らを信じるより他はないだろう。

地形的には山腹の斜面で敵の方が上に位置する形になる。位置関係的には敵の方が有利だ。

不利なことだらけだが、唯一勝機があるとすれば武装の違いにかけるしかない。リマオンの持つ槍、キーファーの大杖、そして、私の戦杖、この三つは精術武具だ。使い方と効果によっては敵を一網打尽にできる可能性もある。ただし、それは敵の側にも同じことが言えた。

「接敵！」

弓持ちのフレーヌが報告する。九つの敵の存在の中の主力の二つ。マッチロック銃を所持した狙撃役がその銃口を覗かせていたのだ。鉛弾の威力は時に精術武具の効果に匹敵することがある。ならば先手必勝だ。

「攻撃開始！」

私の宣言とともに遠距離攻撃能力を持つ者が一斉に武装を使用した。真っ先に攻撃をしたのは弓使いのフレーヌ。飛距離よりも速射性を重視した小振りの弓、それで軽金属製の矢を放つという戦闘スタイルだ。私の声に俊敏に反応した彼女は、腰の後ろに下げた矢入れから数本同時に抜いて指に保持すると、そのうちの一本を弓の弦につがえて射る。だが彼女の狙いは銃射手ではない。

――ドッ！

鈍い音を立てて銃射手の背後に控えた弾込め役の頭部を射貫いていた。

「うまい！」

私が褒めの言葉を口にすればフレーヌは口元に笑みを浮かべる。間髪おかず、手にしていた矢を連射する。マッチロック銃は連発が効かない、だから銃を複数用意し別の人間に弾込めをさせる。弾を込め終わった銃からつるべ打ちに撃てばいい。彼女はそれを潰したのだ。

かたや槍持ちのリマオンは、槍型の精術武具を発動させる。槍をマッチロック銃のように構えて彼女は告げた。

「精術駆動　火雷弾」

――ドンッ！

大粒の火の玉が槍の切っ先から一直線に放たれる。機能的には、鉛弾を打たないマッチロック銃というところか。放たれたのが鉛弾ではなく火の玉なのだが、それでも当たれば威力は大きい。向こうがとっさに回避しようとしている。リマオンがつぶやく。

「追尾」

その言葉と同時に火の玉はカーブを描き目標を射貫いた。頭部を中心に火柱が上がり、目標を吹き飛ばす。

――ボォンッ！

追跡機能付きの火炎弾、連射は厳しそうだが、それでも機能的な優位性は高い。こちらも敵の銃射手を一撃で潰したことになる。この一連の間にフレーヌは二射三射と連射し、敵へのダメージを確実なものにしていく。私は一計を案じて、大杖使いのキーファーのところに歩み寄った。

「キーファー三級」

「はい？」

「あなたの精術武具は〝環境操作型〟ですね？」

精術武具には色々なタイプがあるが、その中でも周囲の状況を物理的に操作することに特化したタイプがある。〝環境操作型〟と呼ばれるものだ。

「はい。地精系で地面を操作します」

キーファーの顔には〝なぜ知っているのだろう？〟という疑問が浮かんでいたが、笑顔でそれをごまかした。私はアドバイスを送る。

「接近する敵の行動妨害や、敵の攻撃からの防御に集中してください」

「わかりました」

一緒にいた双剣使いのウルスにも一言告げる。

「敵は隠密行動が得意です。思わぬ方向から攻撃が来る可能性も考慮してください」

「了解」

語りおえて周囲を改めて観察すれば、銃射手は排除されていた。敵の遠距離攻撃を潰すことには成功。問題はここからだ。

「来る！」

討ち取られなかった他の襲撃者たちがその姿を消した。姿を隠しての伏兵行動に移行したのだ。私は叫んだ。

「全周警戒！　敵が接近します！」

今回の山賊連中の隠密行動能力は極めて高い。物陰に潜む、遮蔽物を利用して気配を消しながら接近する、などといった行いは、まさに厄介そのもの。正規軍の特殊部隊兵だってここまでには至らない。これでは、どこから来るのか全く見えない。

――ドクン、ドクン。

鼓動の音が自分の耳に響いている。体が最高潮に熱く感じている。周囲の音が瞬間的に無音になったそのときだ。

――ブォッ！

私の眼前に、一振りの牛刀ナイフが視界の外からおもむろに突きつけられた。手にしていた戦杖を下から上へと引き起こす動作で敵のナイフを弾き飛ばそうとする。

――ガキィン！

私の戦杖の打頭部をナイフの横合いに叩きつける。返す動きで戦杖の握りの柄尻を引き起こして、敵の腕めがけて叩きつける。

――ヒュオッ。

こちらの攻撃は空振りする。敵がとっさに後方へと退いたのだ。敵の様子を視認する。そこにいたのは、年の頃四〇は過ぎているだろう、実戦経験を重ねた荒くれ男だ。牛革のズボンに編み上げブーツ、木綿のシャツに熊の毛皮のベストにツバ無し帽という装いは、いかにも山林の中で住み暮らしていると感じさせる。その眼光は鋭く、ギラついた目の光が凶暴さを漂わせていた。

武器として身につけているのは一本の巨大なナイフ。刃渡り一ファルド（約三三センチ）で、獲物の体をさばくために用いられる牛刀ナイフと呼ばれる物だ。牛の骨すら断ち切るために作られているから非常に頑丈、かつ肉厚だ。その戦い方もそのナイフを使うことに特化しているだろう。髭面の男が言う。

「お前が隊長か」

「暫定ですが」

彼が私を睨んで言う。

「おめぇ、名前は？」

名前――おそらく二つ名のことだろう。我々職業傭兵は名前と実績が売れてくると〝二つ名〟を持つようになる。それは一人前であることの証でもある。

「ルスト――、二つ名はまだありません」

その答えに男がため息を吐いた。

「なんだ〝名無し〟か」

そう吐き捨てると男は軽く半歩下がる。そして飛び出しながら叫んだ。

「名無しに殺《や》られるほど耄碌《もうろく》しちゃいないんだよ！」

私は反論する。

「名無しでも――」

右手にしていた戦杖の竿《さお》の中ほどを握って半転させると、打頭部ではなく握りの柄尻の方を敵へと向けた。そして、槍のように両手で戦杖を握ると、敵めがけて構える。私の戦杖の柄尻は、鋭利な円錐形に尖らせてある。それを手槍のよう繰り出しながら叫んだ。

「名前で戦うわけではありません！」

互いに繰り出すナイフの切っ先と、戦杖の柄尻の切っ先が、ぶつかり合い火花を散らす。ナイフが突き出され、それを私が戦杖で弾く。返す刀で敵の喉元を狙えば、横薙ぎにナイフでそれを弾かれた。突き出し払われ、さらに再び突いていなされる。私とナイフ男、お互いに一歩も引かない状況が続く。

やり取りが九度目を過ぎたとき、敵の方が先に動く。突いたナイフを引く動作とともに、左足を横から回して蹴り込むように回し蹴りを放ってきたのだ。

私はとっさに判断する。距離は取れない。こちらが距離を取れば、敵はこちらの方に突進するための助走を取れる。ならば一つしかない。

私は、両手でしっかりと戦杖をホールドして、自ら飛び出し敵へと体当たりを食らわせる。

そして、唱えた。

「精術駆動！　反動障壁！」

体の正面の辺りに斜めに構えた戦杖を中心として、目に見えない仮想障壁が生み出される。

そしてそれは体当たりの瞬間に凄まじい反発力を生む。私に襲いかかってきたナイフ男は障壁の生み出す反発力に吹き飛ばされた。一気に畳みかける。

「精術駆動！　重打撃！」

手にしている戦杖の打頭部がかすかに火花を散らす。吹き飛ばされて、なんとかそこに踏みとどまろうとしたナイフ男に、渾身の力を込めて叩きつける。

「ちぃいっ！」

男は食いしばった歯の隙間から荒い吐息を漏らした。ナイフを頭の少し斜め上で横に構えて、私の戦杖を受け止めようとする。戦杖はハンマー型の武器としては決して重くは作られていない。普通に打ち込んだのでは威力の決め手に欠ける。だが――。

――ドォオン！

ナイフと戦杖とがぶつかり合った瞬間、大音響が鳴り響く。戦杖がナイフを打ち砕く。まるで重量のある巨大なハンマーで打ち据えられたかのように。私の攻撃は止まらない。敵のナイフを砕き、そのまま敵の顔面へと叩きつける。一瞬、ザクロのように敵の頭が砕け炸裂する。

敵は、それ以上抵抗することなくその場に頽《くずお》れた。

場の空気が変わった。敵の側の者たちの気配が勢いをなくす。戸惑いと驚きが彼らの勢いを殺したのだ。

「こいつが指揮役！」

私は叫んだ。

「一気に畳みかけろ！　敵は〝頭〟を失った！」

その言葉が呼び水となる。大杖を所持していたキーファーが聖句を唱えた。

「精術駆動！　ノームの大地礫弾《ランドクラッカー》！」

そして大杖を地面に突き立てる。すると、私たちのメンバーと鍔迫《つばぜ》り合《あ》いをしていた襲撃者

たちは、地面から吹き上げるような礫弾を無数に食らって行動を阻害された。

　これをチャンスとばかりに残りのメンバーが敵一人ひとりを着実に討ち取る。私もさらに一人、敵を屠《ほふ》る。一気に接近して肉薄すると横薙ぎに戦杖を打ち込んで、その胸部を破壊する。

軍人崩れのマイツェンが報告してきた。

「全数撃破。敵生存なし」

「了解。確認しました」

　これで終わりか？　撤退するなら今だ。私は宣言しようとする。

「撤っ――」

〝撤退〟と口にしようとした瞬間、私の全身を悪寒のようなものが走った。それはまさに〝嫌な予感〟だ。そして、その不安は的中する。

――ザザザッ！

　頭上遥か遠く、斜面の頂の陰から大集団が姿を現した。敵である山賊たちの本隊だ。その数、ざっと四〇以上はあるだろうか？　それが武器を構えて一斉に横並びになっている。それはまさに悪夢のシルエット。あれを防ぎ切るほどの戦闘力は、私たちには、ない。

「そんなまさか？　私の探知にかからなかった？」

　戦闘開始前に敵の総数を把握するために、精術武具の力で敵の〝重さ〟からその数を把握したのだが、そのときに敵本隊の存在は感知できていなかった。なぜ？　どうして？　そんな疑問が私の脳裏をよぎる。だが。

「そうか、木に登ってやり過ごしたのか！」

〝質量分布探知〟は、目標が自分自身の足で接地していなければ察知できない。その体重の重みを読み取って位置を認識するからだ。だが敵はそれを裏読みして、対策を講じていたことになる。恐ろしく場数を踏んだ敵だ。

その間にも、敵が雪崩を打って襲いかかって来る。それはまさに〝山津波〟と呼ぶにふさわしい。襲いかかって来る敵に対して、リマオンの火弾とフレーヌの矢が放たれるが、焼け石に水でしかない。それればかりか――。

――ダァアン！

鋭い破裂音。視界の片隅にマッチロック式の短銃が見えていた。何人かが短銃を所持している。それで討ち取られたのは弓持ちのフレーヌだった。

「フレーヌ！」

私は彼女の名前を叫ぶ。左肩から血を流して頽《くずお》れていく。致命傷にはなっていないが、戦闘はもうできないだろう。とっさに、大杖持ちのキーファーが意地を見せる。

「精術駆動！」

気合に満ちた真剣な声が響く。

「ノームの死の舞踏《ダンスマカブル》！」

次の瞬間、山の斜面が大きく揺らいだ。斜面を駆け下りて来る敵の群れに足元を揺らされ、大きく陣形を崩す。これでわずかばかりの時間稼ぎが可能になるが、こちらもノーダメージでは済まない。

「キーファー!?」

意識を失い彼女も崩れる。力が枯渇したのだ。

精術武具はその機能を発揮する際に、使用者の精神力と生命力を消費する。当然それを使いきれば意識を失うか、最悪死ぬこともある。目の前にわかりやすい形で力の総量が映し出されているわけではないので、力の限界は自らの経験と養った勘で感じ取るしかない。経験が浅ければその限界を読み誤る。キーファーが失神した理由は、おそらくそれだ。

これでこちらの残り人数は五人。とてもではないが戦いにはならない。

万事休すか？　そう思ったときだった。

「構え《パーフィ》！」

力強い声が聞こえる。

――ガシャッ！

重みのある金属仕立ての何かが構えられる音がする。

「撃て《プレーテ》！」

その号令とともに〝引き金〟は引かれた。

――ダァン！　ダンッ！　ダンッ！

さらに言葉は続く。

「第二射！」

――ガシャッ！

「撃《プレーテ》て！」

――ダァンッ‼

二連続のマッチロック銃の一斉掃射に続いて聞こえてきたのは突撃号令。

「突撃《ストゥルーミ》！」

その言葉と同時に、一〇〇名以上の正規軍人たちが一斉に駆け上がって突撃を敢行した。マスケット銃の銃身の先端には鋭利な銃剣《バイヨネット》が備えられている。彼らはフェンデリオル正規軍で、最新鋭である銃歩兵部隊だった。

「かかれぇ！　山賊どもを根絶やしにしろ！　一切の遠慮は不要だ！」

正規軍の精鋭支援部隊、その指揮官の叫び声だ。

「おおっ！」

怒涛のようにダスキーグリーンのフラックコート姿の男たちが一斉に駆け上がって行く。そして私たちを追い越して行った。

「間に合った！」

聞こえてきたのは伝令を依頼したエアルの声だった。

「皆さん全員、無事ですよね？」

彼女の言葉に私は答える。

「えぇ、なんとか。負傷者一名、戦闘不能者一名、残り五名無事です」

その言葉に続いて正規軍の人の声が聞こえてきた。

「フェンデリオル正規軍の山賊討伐部隊です。かねてから準備をしていたのですが、こちらの伝令の方の報告を聞いて急いで駆けつけました。どうやら間に合ったようですね」

その言葉に、私は両肩にこもった緊張が一気に抜けていくのを感じた。

「ありがとうございます！　これでなんとかなります」

「よく持ちこたえましたね。あとのことはお任せください」

「それと負傷者・戦闘不能者が三名ほどいます。保護と治療をお願いいたします」

「了解しました。その残り一名はどこに？」

正規軍軍人の彼が私に尋ねてきたときだった。正規軍が周辺展開している別動の偵察部隊からの伝令がやって来た。

「報告！」

声のトーンが緊張に満ちている。とてつもなく嫌な予感がする。

「ここより離れた地点で職業傭兵と思われる男性一名の〝遺体〟が発見されました！　今回の救援対象の森林警備部隊の隊長役と思われます！」

私は驚いて声を漏らした。

「オーバス準一級……」

私は唇を噛み締めた。部隊の仲間たちも悲痛な表情を浮かべている。

「やっぱりだめだったか」

悔しさとともに言葉を漏らせば、正規軍の委任者と思《おぼ》しき人が私に尋ねてきた。

「負傷していたのですか？」

「はい。待ち伏せに遭い右脇腹に鉛弾を食らいました。位置的に言って肝臓を損傷したのだと思います」

「腹腔内大量出血か」

「間違いありません」

私がそう言えば彼は答える。

「その方の死は無駄にしません」

私はその言葉に救われる思いがした。最悪の状況下から私たちは生き残ったのだ。一人の犠牲に助けられて。

「よろしくお願いいたします」

私もそう答えるのが精一杯だった。山の中腹では戦いが続いていた。山賊たちは正規軍との圧倒的大差に一気に瓦解し、逃走を図る者が続出していた。これを逃さず正規軍の追撃が行われる。

戦いは終わりへと向かおうとしていた。そう、私たちは〝勝った〟のだ。ただしそれは苦《にが》い勝利だった。

戦いの趨勢《すうせい》が決定し、私たちはフェンデリオルの正規軍に保護されることとなった。鉛弾を食らったフレーヌ、精術の過剰行使で気絶したキーファーは、正規軍の兵卒の人たちに救助され、負傷していなかった私たちは、事実報告を兼ねて麓に設営された前線本部に身を寄せることとなった。

一人ひとり、事情聴取を受ける。特に私は臨時の指揮役を担っていたということもあり、より詳しく話を聞かれることとなった。

林業用の植樹林の単純警備任務として集められたこと。

報酬は非常に安かったこと。

それ故《ゆえ》経験の浅い駆け出しの職業傭兵が多かったこと。

山賊出没の情報は一切与えられていなかったこと。

この四点は強く訴えるしかなかった。

「今回の件はおそらくかねてから常習的に行われていた、虚偽内容依頼だと思います。今まで負傷者や死亡者の届《とどけ》が出ていなかったために、見過ごされてしまったと推測されます」

「おっしゃることはよくわかります」

正規軍の将校の人がそう答えてくれた。彼らの話によると、驚くことに正規軍では既に事の仔細は把握済みだったという。同席していた正規軍の山賊討伐部隊の指揮官の人が言う。

「この地域での森林警備の依頼任務に関しては、かねてから苦情が寄せられていたんです」

「苦情が？」

「ええ。今回のケースと同じように、林業用の植樹林の巡回警備という名目の依頼で募集をかけておいて、その際には、常習的に山賊が出没しているという情報をあえて隠していた。それにより山賊の一部と遭遇して小競り合いが起きるが、偶発的出来事として処理される。無論、追加報酬もなしという事案です」

「そこまでわかっていながら、なぜ？」

　思わず抗議していた。当然だ。一人、実績のある傭兵が犠牲となり死んでいるのだから。それに対して指揮官の人は言った。

「言い訳になってしまいますが、理由として、まず依頼人が別人の名前を借りて、異なる傭兵ギルド事務局に依頼を出していたことがあげられます」

「同一人物による依頼であることをごまかして、事実把握を遅らせるためですね？」

　正規軍の彼らは頷いた。

「ええ、これまで死亡案件が起きていなかったので、被害にあった職業傭兵の方たちも、話を大きくして騒動になるよりは、と報酬を受け取り大きな問題にしてこなかったことも影響していると思われます」

「物的証拠や重要証言の確保に時間がかかったため、逮捕や依頼案件の停止命令などが間に合わなかったのです」

「本当に申し訳ありません」

　私は苦虫を噛み潰すような思いで彼らに返す。

「どこかでもっと早く判明していれば、オーバス準一級を喪わずに済んだと思います」

　その言葉に正規軍の彼らも言葉がないようだ。

「弁解の余地もありません。問題の深刻さは十分承知しています」

「再発を防がなければ、正規軍と職業傭兵との信頼関係にヒビが入りかねません」

頷きながら彼らへと強く告げた。

「よろしくお願いします。この国のために命を危険に晒しながら戦う人たちのためにも……」

私の言葉に、彼らは真剣な表情で強く頷いてくれたのだった。

＊

そこからさらに麓の村に移動し、私たちは一晩泊まることになった。負傷者の容態が心配だったし何より疲れていた。生き残ったとはいえ死亡者が出たという事実は、私たちの気持ちを鬱々《うつうつ》とさせていた。

宿代わりに麓の村の村長の別宅が提供される。怪我をしたフレーヌや失神したキーファーもそこで介抱されることとなった。大きな暖炉のあるリビングにてみんなで火を囲みながらくつろいでいると、老いた村長がやって来る。そして私たちにお詫びを述べ始めた。

「今回の件は本当に申し訳ない。もっと早く事実を正規軍に訴えて介入してもらうべきでした」

今さら謝られても、亡くなったオーバス準一級の命は戻らない。抗議する代わりに私は問い詰めた。

「なぜそうできなかったのですか？」

「それは――」

村長の口から重苦しい言葉が漏れた。

「今回の騒動を起こしたのは、この周辺で最もたくさんの山林を所有している富農のガルボーザという男なのですが、この村は材木の伐採と供給により営まれている村です。山林所有者に逆らっては生きていけません。今までも、作業中の事故で怪我人が出てもずっと泣き寝入りしています」

元軍人のマイツェンが言う。

「下手に物を申せば〝村八分にされる〟ってわけか」

「はい」

そう答える村長の顔には後悔の色が強く浮かんでいた。ひとつわかったことがある。この人は悪人ではない。この村の人たちも犠牲者なのだ。

「そのガルボーザという人物は今どこに？」

「既に正規軍に身柄を押さえられました。虚偽内容での職業傭兵への任務依頼の罪です。居住している邸宅も正規軍の軍警察により管理下にあるそうです」

「そうですか」

そのとき、元軍人のマイツェンが言った。

「この国じゃ、嘘の内容で軍隊や傭兵を動かすのは罪が重い。下手すると財産没収にまで発展するかもな」

私は村長に告げる。

「いずれにせよ、悪事が発覚したことでこれからは良くなっていくと思います」

私のその言葉に村長は頭を下げて無言で詫びた。彼の身の上ではそうするしかないだろう。だが、やりきれない思いはどうしても消えてはくれない。

村長が出て行ったあとで入れ代わりに現れたのが村の女性たちで、木綿生地のワンピースにショールとエプロン姿という出で立ちだ。

「お夕飯を作りました。よろしかったらどうぞ」

今回のことで結果として村のために戦った私たちをねぎらうために、夕食を用意してくれたのだという。まだ体力の回復していないキーファーや、銃弾の傷を負って治療中のフレーヌには介助の人がつけられていた。申し出を断る理由はない。

「ありがたく頂戴いたします」

それはみんなも同じだった。村の集会所に場所を移して宴が始まる。肉料理を中心にボリュームのあるメニューが並べられていた。酒も振舞われて場は盛り上がる。歌が始まり、踊り出す者もいる。宴とは喜びを共有する場なのだから。

私はそれを微笑ましくも静かに見守っていた。みんなの前では言わなかったが、仕事の依頼人である山林所有者が捕まえられた以上、仕事の報酬も簡単には支払われない可能性がある。全く支払われないということはないだろうが、裁判が絡む以上、そちらの決着がつかないと支払いの許可も下りない可能性があるのだ。もしかしたら、私以外の人はこのことに気づいていないのかもしれない。でも気にしすぎない方が良いのかも、とも思う。なぜなら――。

「これで安心して山の仕事に出ることができます」

「本当にありがとうございました」

山賊が討伐されたことで山の治安も良くなっていくだろう。横暴な土地権利者も排除される。将来の展望が見えてきた村の人々が、明るい顔で感謝してくれていたのがせめてもの救いだった。先のことを思い煩うのはやめよう。そう思ったのだ。

宴が終わったあと、寝所として割り振られた部屋に向かう。食事と美味しいお酒で腹を満たしたあとだから、心地よい眠りにつくことができた。

そして翌朝、朝食を摂ってからみんなのところに会いに行った。

今回の仕事で即席で集まった仮の仲間だとはいえ、命の危険を共有しあった仲であるということには変わりない。私はまずは四人の女性たちのところへと顔を出した。

「皆さん」

部屋の扉を開けて声をかける。彼女たちは元々知り合い同士だったらしく、大部屋で四人でまとめて寝起きしている。彼女たちは快く迎えてくれた。

「あら、ルストさん」

「どうしたんですか？」

エアルとリマオンだ。

「今日、この村を発《た》つのでご挨拶しておこうと思って」

リマオンが言う。

「あ、所属する場所に帰られるんですね？」

「ええ、早く戻って次の仕事を探さないと」

体力がかなり回復していたようで、キーファーが寝床で体を起こしながら言う。

「今回の仕事、思ったように実入りが見込めませんからね」

キーファーの傍らでフレーヌがため息混じりにつぶやいていた。

「そうなのよね。軍警察とか色々絡んでるから、いつも通りにすぐに手渡しってわけにはいかないかもしれないし」

私はそんな彼女たちに、ある情報を提供した。私はそのためにもここに来たのだ。

「これは今朝、正規軍の人からの話で小耳に挟んだんですが、彼らの方から立て替えで払ってくれることになったそうです」

この話にエアルが色めき立った。

「本当ですか？」

「ええ。規定通りだと私たちを無報酬で帰らせてしまうことになる。それではあまりにもひどすぎるのではないか？　ということになったそうです」

「良かったー」

彼女たちも報酬支払の件は気がかりだったのだ。私は彼女たちに尋ねた。

「私は自分の活動拠点の街に帰って次の仕事を探しますが、皆さんはどうなさいますか？」

私には彼女たちに対してある懸念があった。傭兵として見たときに、彼女たちの能力は決して高いとは言えない。むしろ問題点の方がまだまだ目立つと言っていいだろう。やる気はあっても実力が伴っていないのだ。だからこそ山賊に追跡されても振り切れなかった。

私からの質問の声に答えてくれたのは、まずは弓を得意とするフレーヌだった。

「それなんだけど、昨夜から四人でずっと話し合ったんだ」

続けてリマオンが語る。

「今の私たちではまだまだ足りないものがあるって」

さらにキーファーが言う。

「臨時の隊長役をやってくれたルストさんの背中を見てて、心からそう思ったんです」

そして、エアルが答えた。

「だから一から鍛え直そうって」

「そうなんだ」

「はい！」

そう答えてくれた彼女たちの表情はとても晴れやかだった。フレーヌが言う。

「私が負傷したことも、キーファーが力を使い切って気絶してしまったことも、いろんな面でまだまだ足りないことばかりだから」

リマオンが言う。

「でも、ルストさんの指揮のもとで一定の実績を示せたのは、一つの事実ですから。この仕事を諦める必要はまだないなってみんなと話してたんです」

私は頷きながら言った。

「ええ、私もそう思うわ。むしろこれからだと思うの」

「はい！」

元気のいい声が返ってくる。最後にアドバイスとして言葉を残していくことにした。

「これは私のおせっかいだけど」

そう前置きして話し始める。

「まずはやっぱり皆さん全員、もっと基礎体力を身につけないとだめですね。特に精術武具を常用するなら、その人の精神力や生命力や体力といったものが、精術武具の使用回数に繋がってきます。基本的な鍛錬は毎日欠かさず行なってくださいね」

あとは個別のアドバイスだ。

「フレーヌさん」

「はい」

まずは弓使いのフレーヌから。

「あなたの弓の能力はとても素晴らしいわ。でも戦場で色々な局面に対応することを考えるなら、弓以外の近接戦闘手段を考えておかないとね」

「やっぱり、そうですよね」

　私の言葉にフレーヌは頷いていた。

「ええ、弓持ちの方は両腕の力がすごいんです。それを活かして、片手用の剣などを使えるようにすればいいんです」

「はい、ぜひそうします」

　次いで槍持ちのリマオン。

「リマオンさん」

「はい」

「リマオンさんの場合は、精術実行時の理論構築の精度を、もっと高めないといけませんね」

「やはりそうですか？」

　これは彼女も気づいていたようだ。

「ええ、火炎弾の自動追尾というのはとても面白いけど。火炎弾をもっと小さく密度を上げて精製して、効率よく連射できるようにする必要があると思います。現状では発射まで時間がかかりすぎているかと」

「はい、肝に銘じます」

　彼女は言う。

「ルストさんの精術を見ていると、精度も速度も精密性、詳細性、いずれもすごいと思っていました。まだまだ修業だと思ってこれからも頑張ります」

　そして次はキーファーだ。

「そして、キーファーさん」

「はい」

私は彼女の目を見て告げた。

「私が何を言おうとしているか、おわかりですよね？」

当然ながら彼女は既にわかっていた。

「はい、体力がなさすぎますよね。発動二回で気絶してしまったら、容量不足もいいところです」

彼女は苦笑していた。

「そうね。ましてや使っているのが〝環境操作型〟なのだから、複数の存在を対象とすることは必然です。もっと基礎体力をつけて体を鍛えてください」

「はい！　次こそは気絶しないように頑張ります」

そして最後にまとめるようにエアルが言う。

「また一からやり直します。ルストさんもお互い〝二つ名〟目指して頑張りましょう」

「ええ！」

私たちは握手を交わした。またいつか会えるだろうと信じながら。

それからあの三人の男性たちの姿も捜したが、彼らは既に旅立ったあとだった。事情を知っていた正規軍の人曰く、次の仕事が既に決まっていたのだという。これ以上残留しても益無しとして見切りをつけたのだろう。

「行っちゃったんですか？　あの人たち？」

私は彼らがなぜ実力不足なのか、わかるような気がした。私の気持ちを汲むように正規軍の人が言う。

「ええ。日の出る前に、村の人たちにも何も言わないでご出発なされたそうです。それにそもそも、あの方たちには報酬の立て替え払いの話はお伝えしていないんですよ」

「え？　そうなんですか？」

「はい。お話をする前に日の昇る前から出発してしまわれたので、お伝えする暇がなかったんです」

ああ、これはあれだ。慌てるなんとやらはもらいが少ないというやつだ。

「仕方ないなぁ」

私は苦笑していた。馴れ合えとは言わないが、もう少しお付き合いぐらいはしていいだろうに。事実、美味しい思いはこのあとに待っていた。

出発の支度をしていた私のところに、村の若い人たちが集まって来た。

「これ、少ないですけど」

「よろしいんですか？」

「はい。村のために戦っていただいた皆様へのお礼です」

村の若い人たちを中心に、私たちにカンパをしてくれたのだ。村にまつわる問題を解決してもらったというのに、元々の契約の報酬が少額なのはあまりにも失礼過ぎるのでは？　ということになったのだそうだ。

金貨や銀貨が雑多に詰まった袋を五つ渡される。私のものと、さっきの四人の分だ。

「ありがとうございます！」

感謝を述べて、彼女たちのところに持って行って中身を確認する。報酬のことで少なからず気落ちしていた彼女たちも、表情に明るさが戻っていた。

「こんなに！」

「助かります。帰り道の路銀、どうしようかって話し合ってたところだったんです」

あの恐ろしい戦いをくぐり抜けた私たちへの、思わぬ報酬だった。尤《もっと》もこれには男性陣がさっさと姿を消してしまったために、八等分が五等分になって一人頭の分け前が増えた、ということもあるが。

そして旅支度を終えると八時過ぎには村を出発する。村の出入り口に佇む魔除けの石塔の辺りまで、村長や村の若い人たちが見送りに来てくれた。

「これ、帰り道で食べてください」

渡されたのは焼き立てのパンと村特製のチーズ。香ばしい匂いが心地よい。

「ありがとうございます！　それでは失礼します」

そう答えて村から旅立った。次の仕事を目指して。のんびりしている暇はないのだから。

私の頭の上を満月が通り過ぎていた。人気《ひとけ》の絶えた夜道を歩いて、私は我が家にたどり着く。

今回の事件のあった山あいの麓の村からは、街道筋の乗合馬車を乗り継いで二日ほどの行程だ。

安宿で一晩過ごして、ようやくに家に帰り着く。途中、水浴びもできない状況が続いたのでとにかく汗臭い。一部屋しかない借家、そこに私はよれよれで帰り着いた。

「もう、日付が変わる頃だよなぁ」

家の扉の鍵を開けながらぼやく。疲労と苛立ちが鍵を開ける動作をもたつかせて、さらに気持ちをイラつかせる。

「本当にひどい仕事だった！　隊長役をやったけど公式に記録に残ったわけじゃないから武功にならないし、生き残っただけでもめっけものって気持ちには到底ならないな。

若い連中をさんざんだまくらかしてたんだろうけど、いい気味だわ！」

私の苛立ちを断ち切るように、やっと扉の鍵が開く。しかし、それと同時に。

「ちょっと、うるさいよ！」

隣の家から私より年上の女性が寝間着のシュミーズ姿で顔を出す。私と同じ職業の人だ。

「すいません」

すかさずお詫びする。彼女は二〇は越しているだろう人で、やや短い髪をうなじでくくっていた。大声で怒鳴って溜飲を下げたのか、少し穏やかな言い方に変わる。

「随分苛立ってるみたいだけど、どうしたの？　詐欺られた？」

「はい、紹介票の内容と現地の状況が違ってたもので」

「あれか、簡単な仕事と偽って若手を誘って、厄介事を押し付けるやつだ」

「はい、しかも集まったメンバーが戦闘力不足だったので大変苦労しました」

私の言葉に少し沈黙していたが真剣な表情で返してくれた。

「それで？　戦った相手は？」

「山賊です。それも軍事経験者が率いる戦闘能力の高い集団でした」

「うわ。それ最悪のパターンじゃない。全員、生き残れたの？」

私は顔を左右に振った。

「集まった当初の隊長役の人が、殿《しんがり》を務めて逃げ延びる際に鉛弾を食らって亡くなりました。怪我人も一人出ました」

人が死んだ。その事実に重い空気が流れた。

「そうかぁ、生きていただけでも儲けもの、って気持ちには到底なれないよね」

「はい。もっと次善の策はなかったのか？　もっと早く問題が発覚していなかったのか？　そればかり考えてしまいます。亡くなった隊長さんにもご家族がいることを考えると、到底やりきれません」

最初は夜中の騒音に苛立っていた彼女だったが、今回の私の仕事の顛末に思い当たるところがあったのだろう。彼女は慰めるように言ってくれた。

「一つ教えとくよ。ここはやっぱり〝生きていただけでも儲けものだ〟って、そう自分に言い聞かせな」

「はい」

力なくつぶやく私に彼女は言う。

「生きてさえいれば挽回できるタイミングはある。失ったもの以上の得るものに会うこともあるだろうさ。それに〝人の死〟に何度も正面から向き合うのが、傭兵っていう商売なんだよ。わかるだろう？」

「はい」

彼女の優しい言い方には、似たような経験があるようにも思えた。彼女は私を励ますように言った。

「生還おめでとう」

「はい、ありがとうございます」

「じゃ、おやすみね」

「おやすみなさい」

彼女は家の中に引っ込んで行く。彼女もまた私と同じ職業の女性なのだと、あらためて実感した。

「明日、職業傭兵ギルドに苦情入れよう」

そうボヤいてやっと家に入る。私は職業傭兵、いわゆる戦闘職だ。軍や政府や企業から仕事をもらい従事する。この国では正規軍と市民義勇兵と並んで〝第三の軍隊〟と言われるほどに数が多い。無論、階級の差も。

「二級資格とっても、そうそう簡単にいい仕事にはありつけないか。こればかりは巡り合わせだからなぁ」

この仕事には階級がある。下が三級で一番上が特級、私は下から二番目だ。そもそも、私はまだ一七歳。本当なら同年代の子のように高等学校に通っている年代だ。だが事情があって、この仕事に就いていた。

扉を閉めて家の中に入り、屋根から下がっているランプに火を灯す。ランプ内部に点火装置が組み込まれているので簡単に明かりが灯る。荷物の入った背嚢《はいのう》を下ろし、愛用の武器を腰から外す。マントローブを脱いで、腰からベルトポーチを外し、ボレロジャケットにノースリーブのロングワンピースを脱ぎ、さらにボタンシャツとレギンスを脱ぐと下着姿になる。ちなみに、胸周りの下着はブラレット、腰回りの下着はパンタレッツと言う。

部屋の片隅の衣装ダンスから寝間着のネグリジェを取り出すと、被るようにして身につける。着替え終わると自分の姿が大きな姿鏡に映った。そこには小柄でプラチナブロンドをショートカットにした翠目の少女がいる。さすがにお疲れの様子で、目の下にクマも浮かんでいたが。

「ふう」

軽くため息を吐いて戸締まりを確かめると、ランプを消す。窓の外から星明かりがかすかに入り込んでくる。それを頼りにベッドに腰を下ろすと、布団をめくりながら私はつぶやく。

「でも、怪我もなかったし、山賊の撃退にも成功したのはよかったかな。正規軍にも引き継げたから討伐も成功するだろうし。今回の性悪《しょうわる》依頼人も捕らえられて極刑が言い渡されるだろうし」

事件の裏側にあった問題が先送りにならなかったのはいいことだと思う。村の人たちが笑顔で感謝してくれてたのが脳裏に浮かんだ。

「よし、コレでこの話は終わり」

骨まで疲れが染み付いていたが、今は明日のために寝よう。うん、寝る。布団に潜り込むと即座に眠りに落ちていったのだった。でも――。

疲れ果てているときというのは大抵が夢見も悪いのだった。

夢を見ていた。幼い頃の私、そこは白い家、そこは広い庭、一年中たくさんの草花が咲き誇っている。

白のワンピースドレス姿の幼い私が純粋無垢な笑顔で遊んでいた。私は誰かと話をしていた。

『それでね、――がね、ほめてくれたの』

『そう、それはね、――がいい子だからよ』

『ほんと？』

『ええ、お兄様も、おじい様も、みんなあなたを愛してくれているのよ』

私が話しかけていたのは一人の大人の女性だ。声のニュアンスや気配から清楚で優しい雰囲気が伝わってくる。でもその人の顔は霞がかかったように見えなかった。

『お母様、あっちに行こう！』

私は笑いながら〝お母様〟の手を引いて歩き出そうとする。あぁ、そうだ。その人と幼い私は家族だったのだ。無邪気に、なんの恐れもなくその人を信頼し、その人の手を握りしめていたのだ。でも、歩き始めて少しして、その人の手は私の手の中から突然にすり抜ける。まるで幻を掴んでいたかのように。

『お母様？』

私はその人を呼ぶが返事はなかった。お母様の姿を捜して私の背丈よりも高い草花の中をさまよい歩くが、お母様には会えない。見放されたかのようにその姿はどこにもなかった。私は不安で泣きそうだった。世界に私一人しかいないような気がした。

『だ、誰か！　だ――――！』

別の誰かの名前を呼ぼうとするのだが声にすらならない。見えない手で口を押さえられている。

『――！　――!!』

私は悲しみよりも、恐怖に捕らわれ始めていた。見えない巨大な手で押さえられ引きずられていく。『助けて』と叫ぶが声は出てこない。そのままどこか知らないところへ闇の中へと連れ去られようとしている。抵抗する、もがく、暴れる。だが、強烈な力の前に私にはなす術もない。それでも奇跡的に声が出た。

『助けて！』

幼い私は叫んだ。大好きだったあの人の名前を。

『――――――さま！』

私は名前を呼ぶが、それは風に掻き消された。巨大な手は幼い私を暗がりの中に突き飛ばす。

そして私が見たものは――。

──横たわり微動だにしない若い男の人。

そう、その人は〝死んでいた〟。毒をあおって死んでいた。ベッドで仰向けになり白蝋のように白くなり微動だにしない。

それは恐怖、何よりも怖かった。驚き泣き叫びながら幼い私は逃げ出した。だが黒い手が何本も伸びてきて捕まえようとする。それに捕まったら最後だと私は悟る。私は逃げる。ひたすら逃げる。あの屋敷から、あの庭から、逃げる逃げる逃げる──。

そしてやっとの思いで逃げ込んだのは学び舎、すなわち学校だった。そこでは兵士たちが切磋琢磨していた。同じ屋根の下で暮らしながらお互いを励まし合って暮らしている。私は安堵した。ここならば生きていけると確信して。

『私をここに入れてください！』

その願いは受け入れられた。ダスキーグリーンの制服姿の男性たちが、立派な声で私にこう答えてくれた。

『入りたまえ、君に必要なことを教えてあげよう』

その人たちは、生徒を分け隔てなく受け入れて温かく指導してくれた。

友人もできた。先輩もできた。仲間もできた。

恐ろしい黒い手もここならばやって来ない。安心して私は学問と訓練に励んでいた。そんなときだ。仲間が言った。

『──ってすごいよね』

『飛び級だって？』

『男ですら敵わないよ』

尊敬の声が飛び交う。称賛の声が聞こえる。でもそれと引き換えに、私の周りから人は少しずついなくなっていった。

顔の見えない教官が私を見下ろして告げてきた。

『君は今日から特別だ。君にしかできない授業を受けてもらう』

私は優秀すぎた。私の学力と行動力に誰もついてこられなくなったのだ。持て余した学校は私を特別扱いした。

色々な人が教えてくれた。有名な学者、偉大なる先輩、高名な戦士……。様々な人に個人教授を受けた。新たな学びの場所で、新たな友達ができたのがせめてもの救いだった。

そして私にも、卒業のときがやってくる。でも――。

『なぜですか？』

再び私の周りから人がいなくなった。今度は教官すらいなかった。

『誰か！』

私は叫んだが返事すら返ってこない。あのときと同じだ。幼いときに黒い手に捕らえられそうになったあのときと。そして――。

――ドンッ！

目の前に黒いギロチンが突然落ちてきた。見えていたはずの私の行くべき道は閉ざされる。

私の目の前に立ちはだかったのは、またあの黒い手だった。

――諦めろ。

黒い手が示した方向に見えてきたのは〝婚礼の式典〟と、遥かから聞こえてくる〝祝福の鐘の音〟だ。そして、青白い幽霊のように〝婚礼の衣装〟が迫ってくる。黒い手が囁く。

――お前にはここしか生きる場所はない。

『いや！』

聞こえてきた不気味な声に、私は両耳を塞いで逃げ出した。

――お前にはもうどこにも行き場はない。

『絶対に嫌ァ！』

――諦めるのだ。

『嫌アッ！』

泣き叫びながら私は必死に逃げ惑った。そのときだった。温かく強い声が聞こえた。

『お嬢様。今が好機です。お急ぎください』

それは執事、私にとって絶対的な味方だった人だ。漆黒の燕尾服に促されて、私は暗い通路を歩いて行く。その先に現れたのは一台の馬車だった。馬車の扉が静かに開く。そして、車内から力強い声が聞こえてきた。

『座りなさい、周りに気づかれる前に出るぞ』

その声に促されるように馬車に乗り込む。黒い手の追撃を振り切り、鬱蒼《うっそう》とした夜の街を切り裂くように駆け抜けて、私を乗せた馬車は走り抜けた。そして、大きな街を出て郊外に馬車が辿り着く。頭上は鬱蒼とした雲に塞がれており、周囲は闇夜の中だ。それでも私は馬車を降りた。馬車の扉が馭者によって開けられ、一つひとつ足取りを確かめるように馬車から降りていく。その道のりはまだ夜の闇に沈み、星明かりだけが頼りという心細さだ。だがそれを打ち消し勇気を与えるように、私の脳裏にはある言葉が響いている。かつて学び舎の顔の見えない恩師の言葉だ。

人は時には運命に抗い、家畜のように飼いならされる安寧よりも、命がけで荒野で狩りをするような狼の如き道のりを往くことも必要だ

私は悟った。そうだ。それが今このときなのだ。

眼前を遥かに伸びていく道のりの先を見つめながら、私はつぶやいた。

『私は家畜にはならない』

つぶやきは夜の闇へと静かに響く。

『卵を産むことだけを求められる鶏のような生き方は選ばない。たとえ飢えてやせ衰えても、自らの意思で荒野を歩む狼の生き方を掴み取る』

そうだ。まさにそのために、この場所に立っているのだから。

私は別れの言葉を口にする。同じ馬車に乗って私を見送ってくれた〝あの人〟へと。私はルダンゴトのシルエットに礼の言葉を述べた。

『――――様、数々のご厚情、本当にありがとうございました。それではこれにて出立させていただきます』

　いよいよ、旅立ちのときだ。

『達者でな』

　寂しそうな声が聞こえる。それに対して詫びる気持ちをこらえながら私は応えた。

『幾久しくお元気で』

　そう言い残し、軽く会釈をして身を翻して、まだ見ぬ土地へと歩き出す。そのときだ――。

　私の頭上を覆っていた黒雲が左右に割れる。溢れんばかりの月明かりが降り注ぎ夜道を照らす。闇に隠れていた旅路の行き先を顕にしながら。

『天もお前の旅立ちを祝福するか』

　誰かの声が聞こえるが、私は振り返らなかった。確かな足取りで夜道をひたすらに歩いて行く。どこまでも、どこまでも、どこまでも……。そして私の姿は夜の闇の中へと掻き消えて霧散して――。

「わあっ!!」

　私は思わず叫んでいた。全身汗だくになってベッドから飛び起きる。朝だというのに心臓がバクバクと鳴っている。

「最悪――」

　私は思わず言葉を漏らした。

「なんであんな夢を見るのよ。もう昔の話なのに」

そう、既に振り切ったはずの話だ。とっくの昔に。

時間は朝の五時、外は既にうっすらと朝ぼらけの中にある。季節は六月、初夏の涼しさが家の外から伝わってくる。雨音はしない。この時期は晴れが続くことが多いから。早起きの鳥がさえずっている。その鳴き声が陰鬱な気持ちを少しだけ和らげてくれていた。

「気分転換しようっと」

簡素なベッドから下りると私はシャワー室へ向かった。モスリン生地のネグリジェと下着を脱いでシャワー室へ入る。素肌は抜けるように白く、今のところ目立った傷痕はどこにもない。仕事柄これだけは密かな自慢だった。シャワー室の中、私は真鍮《しんちゅう》製のバルブを開けて熱いお湯を浴びる。周囲に漂っていた汗の匂いがあっという間に流されていく。

私の名前は〝エルスト・ターナー〟。目がすっかり覚めて、私の一日《ルスト》が始まった。

*

私の借家にはシャワーがある。高級邸宅ならともかく、設備が希少で高価なので庶民階級の家では珍しい。一人暮らしの人は、大抵が街にある風呂屋を利用している。私たちの住む借家の大家さんがいい人で、汗をかいて帰って来る仕事をしている私たちが助かるならば、と設置してくれたのだ。

シャワーを浴びおえてワンルームへと戻る。小柄だけど歳相応にメリハリのある体を清潔なタオルで拭き、水滴を拭い去ると、壁にかけていた大きな鏡で自分の顔を確かめる。やつれていないか、目の下にクマはないか。

人前ではいかにも疲れています、というような姿を他人には見せないようにしていた。

鏡の中にいたのは翠の眼の女の子。周りからはよく、可愛いとか美少女だとか言われる。確かに自分でも多少は整った顔立ちだとは思っているけど、特別人より抜きん出て綺麗だとかそういう風には思わない。仕事柄、周りに男の人が多いので、女の人に対してお世辞を言うのはよく見られる光景だ。

むしろ、私の目を見て生意気だとか言う人がいる。でもそのことに対して、仕事仲間のある人はこう言ってくれた。

『お前の目には不思議な力がある。どんな困難も乗り越えられそうな、そんな意志の強さを感じる』

その言葉は、私の中で不思議と自信となって今でも残っている。

髪はショートカットのプラチナブロンドで、耳には小粒のイヤリングを着けている。虫歯はなく今のところ健康。特別問題はなし。これなら人前に出ても不快には思われないだろう。

下着を新しくして部屋着のスモックへと着替え、昔から大切に使っている愛用のキンモクセイの香水を、耳の後ろと首筋に付ける。お化粧もするけどそれはまた出かけるときに。

朝食は、買い置きのパンとチーズと、自家製の茸《きのこ》のピクルスで済ませる。食事を終えると、私は昨日届いた手紙を戸棚から取り出した。

拝啓、エルスト・ターナー様

お仕事は順調でしょうか？　お母様の容態は安定しております。お薬の効き目もあり、最近では自力で歩けるにまで回復してまいりました。行く行くは自活ができるようになりたいと当人も申しております。今は手紙を書けるように練習中です。

さて、そろそろ来月分の治療費仕送りの時期となりました。何分《なにぶん》、特効薬が高額なのはご存知のことと思います。つきましては遅れることのないようにお願い申し上げます。

それでは。

ミルフル・ターナー代理人より

それは私が里に残してきた、病身の母親の世話を任せている代理人から届いた物だった。

「先月は仕送り送るの遅れたからなぁ」

今月は遅れないようにと釘を刺しにきたのだろう。私はベッドの下の奥に隠してある鋲《びょう》打ちの小さい金庫を持ち出す。今回の山あいの村で得られたカンパを含め、しまってあるものだ。

中を開けて金額を確かめた。

「えっと……三デュカット、六〇フロンゾ」

これはお金の単位。つまり金銀合金貨が三枚で、銅貨が六〇枚になる。

私は思わずため息を吐いた。

「ミルフル母さんの仕送りにはちょっと足りないなぁ」

里のミルフル母さんは外見が劣化する重い病を患っている。その病はこう呼ばれている。

——漢生病《かんしょうびょう》。

それは、地面の土の中に当たり前に存在する病原菌に感染することで発症する。多くは軽症か無症状で終わるが、まれに悪化して、そうすると特徴的な外見になることから恐れられてきた。古くから〝業病〟などと呼ばれ、差別や虐待の原因ともなっている病だ。

罹患者が市街地や村落から追放されていた時代もあり、隠れ里を作って暮らしていたときもあったという。現在は研究が進み、対処法もわかっている。感染力も非常に弱く、適切な処置さえすれば、うつることはまずないとわかっている。医者は言う。

——最も感染力の弱い病。

だが母さんは、その病への根拠のない偏見から、故郷の村人たちから疎外されて孤独な暮らしを強いられていた。母さんをなんとかして助けたいと思った私は、信頼の置ける医学博士に手紙で問い合わせた。そして、治療法と特効薬について教えてもらうことに成功し、正しい医学知識と治療法を身につけて、きちんと投薬すれば症状を抑えられることを知った私は、故郷の村人たちと話し合った。

その結果、私が責任を持って薬代と治療費と介護の手間賃を支払うことを条件に、ミルフル母さんの毎日の世話を村の人々に依頼して、面倒を見てもらっている。

治療費・特効薬代と世話人の手間賃を含めて、約束した仕送りは毎月四デュカット。都市で一人の人間が健康的な生活を送るのに必要な金額が、一ヶ月に一〇デュカットといわれているから、この金額がいかに高額であるかがわかるだろう。これに加えて、私自身の生活費も必要だ。ちまちまと小銭稼ぎをしていたのでは、全然足りない。

「家の家賃も一月遅れてるし、大口の仕事をなんとかして見つけないと」

金がないのは首がないのと同じとは誰が言ったか――。

無論、色々な仕事を検討した。でも、毎月四デュカットという金額はそうそう簡単なものじゃない。住み込みでメイドをしても、生活費がチャラになることを差し引いたところで、毎月四デュカットという金額を安定して稼ぐのは至難の業。かといって夜の仕事で体を売るのはゴメンだった。色々と込み入った事情があって、夜の街の裏の事情を知っているから、決して綺麗事で済む世界じゃないことは熟知している。

考えに考えて、命の危険を覚悟のうえで、私は思い切って今の仕事を選んだのだ。母さんを助けるために。スッキリしない頭で考え込んでいたときだった。

――コンコン。

家の扉をノックする音がする。

「はーい」

私がそう答えれば扉の外から声がする。

「ルスト姉ちゃん！　俺！」

「あら、ポール」

それは見知っている新聞配達の少年の声だった。

ちなみに私たちフェンデリオル人は独特の愛称の付け方をする。名前の後ろの三音を取るのだ。エルスト・ターナーなら〝ルスト〟で、この少年はルポール・マルシェが本名だから、〝ポール〟になる。私は素早く金庫をしまうとドアを開けた。

「おはようルスト姉ちゃん」

「おはよう」

茶髪の髪の少年、ズボン姿にスモック、キャンバス地のシューズ履きに、新聞配達のための大きな肩掛けカバンという姿でポールが立っていた。いつも笑顔が絶えないこの子は、毎朝嬉しそうだ。そのポールが私に新聞を一部差し出してくる。

「はい！　これ今日の予備分のあまり」

「いつもありがとうね」

「気にしなくていいよ、お姉ちゃんにはいつも世話になってるし」

ポールはにこやかに答えてくれる。私に新聞を渡そうとするときに特別丁寧な渡し方をするのは、年頃の男の子だからだろう。

「今日の夜にでもまた来て。勉強教えてあげるから」

「わかった、晩御飯食べおえたら来るよ」

そう答えてポールは何度も振り返りながら去って行った。彼は父親が戦死して母親と二人暮らし。決して楽な生活ではないが、働きながら正規軍の士官学校を目指している苦学生だ。ある朝、新聞を売ってもらおうと声をかけたときに立ち話になり、彼の身の上を聞いて勉強を教えることになったのだ。

「さて、こっちも情報収集するか」

新聞には世の中の情報が記されている。その情報から次の仕事のタネが見つかることもある。私は彼から受け取った新聞を手に部屋の中へと戻って行った。

＊

我がフェンデリオル国にも印刷技術はかなり古くからあったが、活字印刷が普及し、新聞や書籍といった印刷物が大量かつ安価に手に入るようになったのは、ここ一〇〇年くらいのことだ。今では重要な情報源として市民生活にしっかりと根を下ろしている。

私はこの職業柄、情報収集が欠かせない。新聞に書かれた記事の中に次の仕事に繋がるニュースが書かれていることもある。テーブルの上に広げて一枚一枚めくっていった。

【国家合同慰霊祭、本年度も十三上級侯族揃わず】

「今年もか、バーゼラル家、取り潰されちゃったからなぁ」

フェンデリオルには〝侯族〟という上級身分の人たちがいる。他国での貴族に近いもので、その最上格が〝十三上級侯族〟と呼ばれる人たちだ。

【非奴隷制三国、交換書簡にて奴隷制への意見声明を出すことを確認】

【ベルデール海沿岸諸国、昨年度貿易収支最高額を記録】

【ジジスティカン、食糧危機深刻、近隣三国より食糧援助を受ける】

世の中の話題が書かれているかと思えば、

【フェンデリオルと敵対国トルネデアス帝国、非公式国家間折衝、またも合意ならず】

二〇〇年以上にわたり戦い続けている敵対国家との記事もある。

【市民義勇兵、定例訓練。参加率高水準を維持】

国民の義務である市民義勇兵に参加する士気の高さのことや、

【読み物：フェンデリオル・第三の軍隊『職業傭兵』の歴史】

【職業傭兵制度、登録者数、過去最高を記録】

これはフェンデリオル独自の軍事戦略制度である職業傭兵についての記事。職業傭兵は他国でいう通俗的な傭兵とはやや違い、国と正規軍が決めた規則のもとに準軍属としての資格や身分を傭兵たちに与え、組織立って運用する仕組みを整えたものだ。フェンデリオルの傭兵は義に厚く正義感が強いと言われている。

【敵国トルネデアス、不気味な沈黙続く】

そして私たちが自らの国を守るために戦い続けているのが、トルネデアスだ。太陽神を唯一とし、皇帝をその代理者と崇める大帝国。その神の教えを広めるために積極的な軍事行動を続けている。フェンデリオル人は苦労の末、独立戦争に勝利し新たな国家を樹立したが、トルネデアスは私たちとの戦いをいまだに諦めてはいない。

だが私はその記事に目を惹かれた。

「不気味な沈黙？」

私のサラサラとした銀髪が動いて頬の辺りにかかった。右手で髪をかきあげながら新聞をさらに詳しく見つめる。

【ここ数ヶ月、トルネデアス側には目立った軍事行動は見られない。だが、専門家によると大規模な軍事行動の前には、こうした〝不気味な沈黙〟が確認されるという。フェンデリオル正規軍では警戒を強め、偵察部隊の派遣を強化している】

私はこの記事を見たときにピンとくるものがあった。

「正規軍が偵察部隊を動かしているのなら――」

正規軍だけでは圧倒的に数が足りないのが、フェンデリオルの現実だ。だからこそ職業傭兵という仕組みが生まれたのだから。

「こういうときには〝偵察〟か〝哨戒《しょうかい》〟の任務依頼が正規軍から出されるはずよね。すぐに依頼が出るとは限らないけど見込みはあるわ」

私はついに、新聞記事の中から〝仕事のタネ〟を見つけた。

「よし、ギルドの詰め所に行ってみよう！」

すぐ外出の準備をする。櫛《くし》で髪をすいて整え、軽く薄く頬紅を塗り、薄桃色の口紅をそっと塗る。部屋着を脱いで、ボタンシャツにノースリーブのワンピースを着て、レギンスを合わせた。この上に愛用のボレロジャケットを羽織り、ショートブーツを履く。さらに初夏用の薄手のハーフマントコートをつけるのが私の基本スタイル。最後に愛用の武器を腰に下げて仕度が整う。

一部屋しかない小さな家を出て表の街路へと出る。空は蒼く晴れている。ブレンデッドの街は高地にあるから風が涼しい。私は地面を蹴って歩き出すと、目的地へと向かった。

さぁ、今日こそ大口の仕事を手に入れよう。

自宅のある街区を出て街の中心地へ向かう。レンガ造りや石造りの堅牢な建物が立ち並ぶ表街路を歩いて行けば、その表通りの最も目立つ場所に立っている建物が『傭兵ギルド・ブレンデッド支部事務局』だ。

三階建て屋根裏付きの石造りの立派な建物には、その役目柄、昼夜問わずに誰かしらが常駐している。開始時間は朝の八時。その頃には既に、建物の周りに仕事を探す他の職業傭兵たちがたむろしていた。背も高く、ガタイも大きい男の人たちが多い中で、小柄な私は大変目立つ。戦うということに鋭敏な神経を養っている彼らからすれば、私が通り抜けるだけで目を惹くものらしい。みんなの視線が一斉に集まる。私はその一つひとつに返すように挨拶をした。

「おはようございます！」

みんなに元気よく笑顔で挨拶すれば、顔を見知った一人の男性の傭兵が声をかけてくる。

「よう！」

背丈は高く髪は金髪、カーゴパンツにボタンシャツ、野戦用ジャケットに外套マント。人によっては革帽子をかぶる。このコーディネートは職業傭兵としては比較的定番な組み合わせで、〝傭兵の制服〟と言う人もいる。みんなの視線がチラチラが集まる。

「なんだルストも例のやつ狙いか」

〝例のやつ〟――新聞にもあった軍の偵察任務のことだろう。

「はい」

ごまかして黙っていても意味はない。私は素直に認める。

「遠征しての哨戒任務は実入りがいいから競争率高いぜ」

「わかってます。だから早起きしたんです」

「そうか、ま、せいぜい頑張れよ」

「はい」

会話を終えると同時に、事務局の扉が開く。

「じゃな！」

彼はそう言い残してギルドの詰め所へと入って行く。私も傭兵たちの群れに混じって仕事探しを始めた。私の仕事は職業傭兵。軍務に従事しての戦場経験も、敵兵を討ち倒し首級をあげたこともある。子供の真似事じゃない。

とはいえ、もともとが戦闘に従事する荒っぽい仕事だから、数から言えば男性の方が圧倒的に多い。女性の傭兵もいることにはいるが、私のように一五～一七くらいの若い年齢の女性傭兵となるとさらに数が減る。大抵はもっと身の危険の少ない仕事を選ぶからだ。

フェンデリオルにおいては、性別を問わずにできる仕事はとても充実している。女性が生きる場所が制限されている、なんてことはない。だからといって、傭兵を選ぶ女性は少ない。わざわざ命のやり取りをしてまで危険な戦場に向かうには、それなりの理由があって当然だろう。無論、私にも――。

傭兵ギルドの一階入り口を通ってすぐが、ギルド詰め所だ。職業傭兵が仕事を探したり、ギルドに相談事をしたり、所定のギャラを払ってもらったりする場所になる。

銀行窓口のようにカウンター席が並び、事務員の居場所と傭兵たちが屯《たむろ》する場所が分けられている。詰め所に入って左手側、その壁一面のエリアが任務案件の掲示場所になる。壁に任務案件の概略が掲示され、その真下に棚があり、そこに任務詳細が書かれた書類がしまわれている。仕事を探している傭兵はそこから希望する仕事を選び出し、書類に記入、カウンターの事務員に渡して参加申請をするという仕組みだ。

そもそも、職業傭兵が任務を得るには二つの方法がある。〝直接指名〟と〝参加希望〟だ。

直接指名はわかりやすい。任務の依頼元である軍や政府筋が、求める案件に見合った人物を選択して任務依頼するものだ。この場合、優れた実績があり名前が通っている必要がある。逆を言えば、名前の売れていない者や実績がない者には指名は来ない。私はまだ大した実績がないので、直接指名はない。だから自分で仕事を探して参加希望を出すことになる。事務局に寄せられている仕事案件をチェックして、これはと思った案件に希望申請を提出するしかない。

そして事務局の審査を受け、問題がなければ契約成立となる。私のように駆け出しの若手や実績不足の人たちは、この詰め所に日参することになる。

人混みの中を泳ぐようにして掲示板へと近づいて行く。傭兵というものを詳しく知らない人から『女の子一人で男の人たちの群れの中で怖くないのか？』と聞かれたことがあったが、この稼業、ギルドの人たちが規律に反する人に対して厳しい目を向けているので、露骨な嫌がらせはそうあるものではない。ただ――。

「――――！」

通りすがりに誰かが私のお尻を触った。気配を察し、即座に犯人の手を右手で捕まえる。

「やめてください！」

背後を振り返り鋭く睨みつければ、しおれた雰囲気のおじさん傭兵が焦った顔をしていた。よもや反撃されるとは思っていなかったのだろう。

「す、すいません」

その隣の相方のような人もすぐに気づいて私を触った人を軽く小突くと、謝りながら離れて行った。謝罪があっただけマシだけど、悲しいかなよくあることなのだ。

気をとりなおして掲示板を見れば、今日も事細かに膨大な依頼案件が並んでいた。

【モスコーソ山地、山賊征伐】【ヴィト鉱山、警備任務】【モルティエ地方、ゲリラ対応戦闘任務】【ワイオシーズ地方、外患誘致カルト集団制圧任務】【オアフーオ農村地帯、害獣〔狼種〕討伐】【カストック農村地帯、害獣〔鎧竜種〕討伐】【クレストン辺境駐屯基地、巡回警備】

――といった、いかにも戦闘を伴いそうなものから、

【正規軍兵站部隊物資運搬】【フォルダム山岳地方、災害復旧作業】【南部二級運河、緊急整備事業】【西部都市ミッターホルム、消防業務支援】

――といった力仕事を想起させるもの。

【西部都市商業ギルド連合、軽事務作業】【西部都市児童学校、教育補助業務】【国立病院地方分院、医療看護業務】

――といった明らかに傭兵の範疇《はんちゅう》を超えたものもある。

「まぁ、ほんとに仕事がなければ、こういうのもありなんだろうけど」

私は教育補助の仕事の紹介票を手に取ったが、すぐそばで任務探しをしていた年上の女性傭兵が語りかけてきた。黒髪を短く刈り込んだ、いかにも戦闘慣れしてそうな年上の女性だ。

「アンタ、やめときな。そういう非戦闘系に慣れると、ますます傭兵本来の仕事に縁遠くなるよ」

「そうなんですか？」

「当然よ。そういう仕事で実績作ったら、直接指名が殺到して逃げられなくなるから。それで傭兵やめてった女仲間いっぱいいるのよ」

彼女は私を頭からつま先まで丁寧に眺めながら言う。

「あなたみたいに傭兵にはちょっと見えないほど可愛らしい人だったら、なおさらこういう非戦闘系の仕事は受けがいいかもしれないけど、あなたが目指しているのはそういうモノじゃな

いでしょ？」

その通りだ。私は、私の持っている実力が傭兵に向いていると私自身が信じているからこそ、ここに来ているのだから。目の前の彼女は、はにかみながら私に言った。

「仕事探し、地道に頑張りな。一つでも武功を立てられればこっちのもんさ」

「ありがとうございます。先輩」

彼女は満足げに頷いた。その後も仕事探しを続けるが、やっぱり狙っていたものはない。私は並んだ案件の中からすぐにできる単発の仕事を選んだ。

【ブレンデッド商業ギルド、物資運搬警備】

まずは地道なところからやっていこう。選んだのは、商人の荷物運びの馬車列を山賊とか盗賊とかに襲われないように見張るだけの仕事だ。正規軍からの依頼じゃないのでギャラは安いけど。

それから三日間、私はその仕事を日雇いでこなした。もらえた金額は確かに安かった。でも、こういうときは私の風貌がいい方に転ぶこともある。安い報酬で真面目に働いた私に、『よかったら持って行きな』と依頼主の商人さんたちが売れ残りの食料品を分けてくれたのだ。

おかげでかなり食費が浮いたから手元にはそれなりの額が残ることになった。こういうときは自分が若い女で、周りが甘く見てくるのも良かったな、と思う。

そんなことが続いた四日目のこと。私はいつも通り傭兵ギルドの詰め所に出かける。すると八時の開門前だというのに、そこは既にたくさんの人だかり。一〇〇人を軽く超え一五〇人はくだらないだろう。正直イヤな予感がした。

「これってまさか例のやつ狙い？」

人間って不思議なもので〝勘〟が鋭く働くときがある。噂にものぼっていたのだろう。新聞記事から四日目のこの日に当たりを付けていた人たちがいたのだ。

「で、出遅れたかも」

みんな、考えることは同じ。こうなると体力勝負だ。焦りと不安がよぎるなか、ギルドの詰め所の扉が開いた。

「開いたぞ！」

「急げ！」

あちこちから声が上がり、傭兵たちがなだれ込む。私はその流れの真ん中くらい。

「こ、これなら」

なんとか残っているかも――、と思うのはやはり早計だった。私の順番がくる前に人混みは散り始める。嫌な予感は的中、たちまちなくなった参加希望申請書に、みんなが諦めたのだ。

「なくなるの早いなぁ、注目度高い仕事は」

「仕方ねえよ。西方司令部直轄の仕事だぜ？」

「別の仕事探そうぜ」

でも私は最後まで諦めるまい、と掲示場所へと向かう。

【西方国境地域、大規模哨戒行軍任務】

そう記された掲示板の下に書類棚がある。本来だったらそこにあったはずの参加希望の書類は、空っぽだった。

「えぇ？」

私が思わず声を上げるその近くでヒソヒソ声がする。

「またアレかよ」

「アレって、事前の横流し？」

「いや、そっちは禁止になってる」

「じゃあなんだよ？」

「一人でごっそり持ってくんだよ。仲間内で回すのに」

「なんだよそれ！　むかつくわ！」

「だろ？　勘弁してほしいぜ」

あぁ、いかにもありそうだよね。

思わずキレそうになるがグッとこらえる。キレたら負けだ。

でも一番のアテが外れるとなると、仕送りの不足分がいよいよ大変なことになってくる。代わりの仕事を考えるが、掲示板の周りは既に人の群れ。金になる仕事は既に塞がっているだろう。まさに万事休す。夜の町のお仕事が現実味を帯びてきた。でも――。

「おい」

軽やかな声が聞こえて〝半べそ〟の私の頭を叩く。

「えっ？」

私は声の方を振り向いた。そこに立っていたのは六〇歳近いベテラン傭兵だった。

「あっ、ダルムさん！」

「よぉ」

グレーの髪をオールバックにした長身の老男性、軍服っぽい立て襟デザインの装いと、単眼鏡を好む職業傭兵らしくない品の良さが特徴だった。名前は〝ギダルム・ジーバス〟。飄々《ひょうひょう》としていて知恵が回る老獪《ろうかい》な人だが誰よりも紳士的。私のような小娘のことも軽んじずに対等に話をしてくれる。私に傭兵としてのいろはを教えてくれた人でもあった。傭兵の二つ名は〝鉄車輪ダルム〟という。ダルムさんは、いつもその手に鉄製の大型の長煙管《ながギセル》を携えている。愛煙家で護身を兼ねているのだ。

「狙ってたんだろ？　例のヤツ」

そう言いながら私に差し出してきたのは一枚の書類。そこには【大規模哨戒行軍任務】としっかりと記してあった。彼はにっこりと笑いながら私に言う。

「たぶん、嬢ちゃんとこまで回りきらねぇと思ってよ。なんとか一枚取っといたんだ」

これほどありがたいことはなかった。

「ありがとうございます！」

「いいってことよ」

「でも、ダルムさんは？」

そうだ、彼があぶれていたら意味がない。だがダルムさんは笑い飛ばした。

「心配すんなって。俺は指名がかかったんだ」

「指名が？」

「あぁ、三日前に召喚状が届いてた。総数一〇〇名のうち半分近くは指名参加だ」

懐にしまってあった召喚状を開いて見せると、すぐにまたしまう。

武功を積んでいる名のある傭兵や、その任務にふさわしい能力の持ち主は、傭兵ギルドから指名を受けることになる。ダルムさんの場合、傭兵歴が二〇年と長く経験が豊富だ。戦闘にも卓越しているが、経験と状況判断の的確さも評価されたのだろう。それに彼は他の傭兵とは格が違った。

「さすが準一級の傭兵は違いますね」

ブレンデッドみたいな地方都市だと、ダルムさんの準一級は事実上の最高位だ。

「そんなんじゃねえよ。いつも暇してるから厄介仕事ぶっこむのに都合がいいんだよ」

笑いながらそう語る彼には、ベテランならではの余裕が垣間見えた。

「そういう嬢ちゃんだって二級傭兵じゃねえか。史上最年少のな」

「あ、ハイ」

史上最年少――。

そう言われると、なんかむず痒い。私が二級に昇格したのは傭兵を始めてちょうど一年目。今から四ヶ月ほど前のことだ。当時はかなり話題に上ったようだが、資格を取っただけでは仕事に結びつかないのが現実だった。

「でも経験も実績も浅いから直接指名はまだないんですよ」

「それは仕方ないな。階級よりも〝武功〟が重要視されるからな。まぁ、今回のでなんとか頑張って、でかい仕事で実力を見せつけることだな」

「はい！」

私たちがそんな会話をしていると、ギルドの事務員から声がかかった。

「参加希望受けつけを始めます！　申し込み票をお持ちの方は記入して認識票を添付のうえで、こちらにお持ちください」

ダルムさんが私の背中を叩く。

「行ってきな。件数が多いから、今申し込んで午前一杯が資格審査だろう。午後イチで結果発表になるはずだ」

参加希望申請をしても、そのまま任務に参加できるわけではない。過去実績や評価も勘案され、もちろん得意技能も判断材料になる。不適当とされれば参加を断られることもある。だがダルムさんは言った。

「嬢ちゃんなら大丈夫だ。申し込みが終わったら、結果が出るまで飯でも食いに行こうぜ」

ニッと笑った彼は「俺のおごりだ」と一言付け加えた。

「ありがとうございます！　それじゃ行ってきます」

私は彼に礼を述べると、任務参加希望申し込みのために窓口へと向かったのだった。

参加申請を済ませると、背の高いダルムさんと家族のように連れ立って街へと繰り出す。石畳の表通りから少し脇に入ったところに、ダルムさん行きつけの料理屋がある。家族や係累もなく独り身のダルムさんは外食生活だから、こういう美味しい場所をよく知っていた。子羊肉のシチューをいただき、エール酒で喉を潤す。あらかた食べ終えると、自然に雑談になる。

「しかしよ」

「はい？」

「嬢ちゃん、今回の案件、新聞記事から当たりを付けただろ？」

ダルムさんは私の行動をいきなり見抜いた。

「はい」

「それだけじゃだめなんだ。なぜだかわかるか？」

彼の問いかけに私は頭をひねるがピンとこない。

「いえ」

情報収集は傭兵の基本。それはわかっている。でも、何が足りないというのだろう？

不思議そうにする私に彼は言う。

「傭兵にはな〝横の繋がり〟ってのが意外と重要になるんだよ」

そう言いながらダルムさんは、懐から召喚状を取り出し見せながら私に言った。

「たとえばだ、繋がりのある仲間が何人かいて、そのうちの一人が指名がかかったとする。そうするとそいつから『そういう仕事がある』って情報が流れる。教えられた奴は他の連中よりも先んじて仕事を取ることができるってわけだ」

「あっ！」

私は思わず驚きの声を漏らした。今朝、人だかりができていたのはそういうことだったのだ。

ダルムさんは私を諭すように言う。

「若手の女傭兵が男たちとの仕事の競り合いに負けて切羽詰まって、この稼業から足を洗うのは珍しくねぇ。それもこれも、横の繋がりをなかなか作れねえからだ。職業傭兵はどこまで行っても男の世界だからな」

「それは、わかっています」

腕っ節と武力がものを言う世界だ。私みたいなのが生きていくのは厳しい、というのは十分わかっている。落ち込みかける私にダルムさんは言う。

「でも、だからこそだ」

彼のその優しい口調に私は思わず顔を上げた。

「そんなくだらない横の繋がりなんか、太刀打ちできないほどの武功をぶち上げるのさ。ルスト、お前ならできる。自信を持て」

それは、この一年以上私をずっと見守ってくれたからこその言葉だった。私は、ダルムさんからたくさんの物ごとを教えてもらった。

「はい！」

「さて、そろそろ行こうぜ。頃合いだ」

「はい！　ごちそうさまでした」

「それじゃ行くか」

　この人はもしかすると、私を自分の娘か孫のように思ってくれているのかもしれない。この人と会えていなかったら、傭兵としてやっていけたかどうか。感謝しかなかった。二人連れ立って傭兵ギルドの詰め所へと戻れば、結果発表を待っている人たちでごった返していた。

「随分多いですね」

「参加希望者の結果発表だけじゃなく、直接指名の連中も来ているからな。結果発表のあと、そのままオリエンテーションに入るはずだ。部隊分けや隊長指名もそのまま行われる」

「そして任務詳細の伝達と確認ですよね」

「そういうこった」

　ダルムさんがみんなを指し示して言う。

「見ろ」

　見れば、そこには名前の通った職業傭兵たちがいる。

「名うての奴が揃ってる。依頼元がそれだけ今回の事態を重要視してるって証拠だ」

　そう言いながら鉄煙管を逆手に持って指し示す。

「まずアイツ、あの濡れたような黒髪の東方人」

　私たちフェンデリオル人とは異なる肌に、撫でつけたような綺麗な黒髪の小柄な東方人が立っている。服装も私たちのものとは異なり、ボタンのない紐でとめる形式の物を着ていて、いかにも礼儀正しそうな品の良さがある。

「〝ランパック・オーフリー〟、二つ名は〝絶掌《ぜっしょう》のパック〟。東方にある大陸の出身で、徒手空拳の白兵武術の達人だ」

職業傭兵というのは腕っぷしで大きな武器を振り回すことが多いから、筋肉の厚いがっちりした人が比較的多い。だがパックさんは驚くほどスリムで、どこに筋肉があるのだろうというくらいに細身だ。しかし、彼はいったいどこからこんな力が湧いてくるのか、と思うくらい無類に強いのだ。

「知ってます。パックさんには、格闘戦闘について教えてもらったことがありますから」

「なんだ、そうだったのか」

「とても親切で無欲な人です。医学の心得があって近隣の村を回っているとか」

ある意味、職業傭兵をやっていることが不思議なくらいの人だ。

「次はあの二人」

次に指し示したのは、並んで立っている長身の男性二人。職業傭兵定番の戦闘ジャケット姿の乱切り頭の男性に、キャソックと呼ばれる長袖外套を着た長髪の美形の男性だ。

フェンデリオルにおいては、国教である精霊宗教の出家者はキャソックを愛用している。傭兵でありながらキャソックを着ているのは奇妙で、強く印象に残った。二人とも息の合ったコンビのように肩を並べて立っている。

「お人好しそうな雰囲気の乱切り頭が〝ガルゴアズ・ダンロック〟で、二つ名は〝弔いゴアズ〟。二刀流で、一対多数の斬り合い戦闘が得意な元軍人だ」

お人好しってちょっとひどい言い方だ。でも、いつも静かに笑みを浮かべながら佇む姿には、温厚そうな人柄が現れている。傭兵というよりは気さくで親切な近所のお兄さん、と言ったほうがしっくりくるような人だった。

でも、その襟元や袖の辺りからは、傷だらけの体がチラチラ見えている。やはり彼も傭兵として戦歴を重ねているのだろう。

「その隣で仏頂面してるのが〝バルバロン・カルクロッサ〟。二つ名は〝一本道のバロン〟」

仏頂面って……、そりゃ確かにニコリともしないけど。

端正なその顔立ちには〝狙撃〟という仕事をしている人特有の、猛禽《もうきん》のような鋭い瞳が炯々《けいけい》と輝いている。加えてその衣装で隠してはいるが、着衣の下は相当に鍛え上げられた屈強な体があるはずだ。そうでなければ優れた弓兵にはなれない。

「確か正規軍最高の弓狙撃兵だったとか」

「そうだ。それがどういうわけか軍を辞めてここにいる。だが――」

ダルムさんが言わんとすることを私は察した。そして、彼のいつでも寂しげな表情の意味も。

「わかってます」

「ならいい」

――傭兵なら他人の過去には関わるな。

それがダルムさんの教えの一つだった。職業傭兵は実に様々な過去を持っている人がいる。

まっとうにこの世界に来た人もいれば、元軍属で致命的な失敗をして軍を辞めざるを得なかった人もいる。外国から流れて来た人もいるし、闇社会の構成員だったのが足抜けして、身を隠すために職業傭兵をしていることもある。元海賊とか元盗賊団という人もいる。みんな、決して平坦に生きているわけではないのだ。

「そして、アイツだ」

次に指し示したのは、金髪頭をバンダナで逆立て、鋭い青い眼を持つ少しスレた雰囲気の男の人。黒い襟首シャツにファー付き革ジャケット、襟元には初夏だというのに口元が隠れそうなマフラーを巻いていた。

「〝ルプロア・バーカック〟。二つ名は〝忍び笑いのプロア〟」

「変な名前……」

私は思わず溢す。もし本人に聞かれていたら、その鋭い視線で睨みつけられていただろう。間違いない、彼は裏社会・闇社会に一度は身を置いていたタイプの人間だ。決して日の当たらない、平穏ではない日々を泥水をすするような苦労の末に乗り越えて、こうしてまた陽の当たる場所へと戻って来た、そういう種類の人間だ。

ダルムさんが私のつぶやきをたしなめる。

「まぁ、そう言うなって。正直、不真面目でサボりやちょろまかしの常習犯だが、斥候や暗殺とかいった任務は奴の独壇場だ。実際、トルネデアスの将校を何人か討ち取ってるって話だ。階級は三級だが奴自身が昇格を拒んでるともいう」

「なんでですか？」

昇格すればギャラは間違いなく上がるのに。もったいない。

「固有技能が優れてる奴は、昇格しなくても実入りがいいんだ。それに奴の場合、目立つと仕事上不利になる。最下級のほうが都合がいいのさ。とにかく、味方にすれば強いが、敵に回したら厄介だと思え」

「はい」

実際、彼の周りには誰もいない。うかつに近寄らないようにしている雰囲気がある。明らかに、一般的なよくあるタイプの傭兵とは、見てくれからしてまるで違うのだ。でもなんというか、彼本人の気配からは本当に性悪そうには感じられなかった。

「そして――」

そう言いかけてダルムさんは、ある人物の姿を探し始めた。

「どうしました？」

「いや、一人いねぇな」

「え？」

そうやり取りしたときだった。

――バンッ！

詰め所の入り口の扉が開けられ、一人の巨漢が別の職業傭兵を片手で引きずり、ギルド詰め所の床へと放り出す。投げ出された男はそれなりに立派な身体をしていたが、その彼が子供か若造に見えるほど、その巨漢は分厚い筋肉と巨体の持ち主だった。見れば投げ出された男の顔は殴られたのだろう、強烈な一撃でボコボコだった。

「何があった！」

クラバットにルダンゴト姿の男性のギルド職員が数人現れる。

「不正行為だ。任務案件の参加希望申請書を、高額で売りさばこうとしていた」

そして、巨漢は不正行為をしていたという男に詰め寄り、襟首を掴んで締め上げる。そこには一切の遠慮も容赦もない。

「そうだな!?」

「は、はい――」

「なんでこんなことをやった！」

「か、カネになると思って」

巨漢は不正行為の主から、到底、動機とはいえないような理由を聞き出すと、彼を再び放り投げる。そしてギルド職員の質問に答えた。

「姓名と階級は？」

「ダルカーク・ゲーセット、二級」

その無骨な言い方には、いかにも頑迷そうな性格が滲み出ている。

「協力感謝する。のちほど調書を取るので事務室まで来てくれ」

「心得た」

不正行為の主はギルド職員に連行されて行く。資格剥奪の上で罰金刑が妥当だろう。カウンターの女性ギルド事務員が言う。

「どうりで総件数が合わないと思ったわ」

「繰り上げでいいんじゃない？　落ちるの見越して枚数多めに出してたし」

嫌なやり取りを聞いた気がするが聞かなかったことにする。ダルムさんがすかさず言う。

「見ろ」

その巨漢は栗色の長い髪を後頭部で束ね、袖なしシャツの上に革ジャケットを羽織っていた。腰に刃物を下げていないのは、両手につけた籠手《こて》型の打撃武器があるからだ。体中に見える傷跡は凄まじい戦歴の証だった。明らかに、戦場の最前線を長年にわたって転戦し続けてきたベテランの兵士の体だった。

「あいつが――」

ダルムさんが言いかけたところを私が尋ねる。

「ダルカークさんですね？」

「そうだ。二つ名は〝雷神カーク〟。元正規軍で強襲白兵戦闘部隊の隊長だった男だ。義理堅いが融通が利かないので有名だ」

「あぁ、わかります。すごくわかります」

私は思わず苦笑いしながら答えた。仕事は任せられそうだが、相手するのは疲れるような気がする。他にも何人か教えられたけど、特に覚えているのはこの辺り。でもダルムさんはもう一人付け加えた。

「そうだ、アイツには注意しろよ」

「えっ？」

ダルムさんの言うアイツとは、やさぐれた雰囲気の中年男性だった。標準的な職業傭兵装束だったが、着こなしや髪型、あるいは無精髭や目つきから、到底デキる男には見えない。

「〝ぼやきのドルス〟こと〝ルドルス・ノートン〟だ。ブレンデッドいちの問題傭兵」

「あの人――」

私は思わず眉間にシワを寄せた。

「知ってるのか？」

「はい、前に嫌がらせされたことがあるので」

「アイツ、まだそんなことやってたのか」

私はあの人から投げられた心無い言葉を思い出していた。ダルムさんも思うところがあるのか、ため息を吐く。

「怠け癖の権化《ごんげ》でな、とにかくやる気がない。それなりに優れた固有技能を持ってるから、なんとかクビにならないが、今じゃブレンデッド中の鼻つまみ者だ」

その言葉に思い当たるところがあった。彼からの言葉が、今でも耳にこびりついている。

「彼、なぜだか女性傭兵に対して厳しいんです。女性がこの職業をやることにいい感情を持ってないみたいで」

私が彼から受けた嫌がらせは、女性の身で傭兵という仕事をしていることへの嫌味だった。この街の傭兵の人たちは比較的親切な人が多く、私は幸運にも可愛がられたが、無論例外はある。すなわち、それがこの人だった。

「その通りだ。くれぐれも奴とは一緒の部隊にはならないよう祈ることだな」

ほんとそうだ。それだけは切実に思う。

だが、時として神様はとっても意地悪だ。

*

そして、迎えた午後一時、詰め所の壁の大型の柱時計が午後一時の時報を打った。

事務局の奥から、合否の書かれた辞令書の入った封書を事務員さんたちが携えて現れる。封書は指名参加の人と一緒くたに渡されるので、誰が任意か誰が指名かはわからない。職業傭兵は名乗らず認識票を出し、認識番号から受け取るべき封書を判別してもらう。それを一〇名ほどの事務員さんが手分けして対応するわけだ。

認識票――。

軍隊である以上、個人識別の方法は必要だ。我が国の場合、識別番号と名前だけを彫った、親指くらいの大きさの黒い金属板がそれだ。ペンダントにしたりブレスレットにしたり、色々な方法で所持している。ちなみに私はペンダント式だ。

整然と並んで順番を待ち、自分の番で認識票を提示する。

「少々お待ちを」

受付の背後の人が認識番号から封書を選び渡してくれる。無言のままにそれを受け取り戻ると、既に指名で辞令を受けていたダルムさんが待っていた。

「どうだった？」

「はい」

封書を開けて中の辞令書を確かめる。するとそこには、

辞令：

二級傭兵エルスト・ターナーに次の任務を与える

任務案件：

【西方国境地域、大規模哨戒行軍任務】

配属：

第三小隊、隊員

希望申請合格の旨が記されていた。

「やった！」

私は思わず小さく声を上げた。

「良かったな。俺と同じ小隊だ」

「第三小隊ですか？」

「あぁ、幸い隊長役は押し付けられなかった」

ダルムさんがそう言葉を漏らすのには理由がある。隊長役というのは想像以上に責任がのしかかるのだ。また、率先して行動する必要がある以上、体力も要求される。六〇歳間際という年齢では負担が大きすぎた。

辞令書を全て配布しおえたのだろう。ギルドの男性職員が声を上げる。

「本件任務に関連のない職業傭兵は退室願います！」

任務希望申請に落ちた人たちが無言のまま退室していく。何が任務を得た理由で、何が外された理由なのか、明かされることはない。それぞれが落ちた悔しさを胸にしながらも、次の仕事を探すだろう。それもまた現実だった。

人の動きが落ち着いてギルド詰め所の入り口の扉が閉められる。これからオリエンテーションが終わるまでの間、人の出入りは禁じられる。

「これより任務拝命者によるオリエンテーションを開始します！」

そしていよいよ私の〝仕事〟が始まった。オリエンテーション開始が宣言されると訓示に移る。カウンター向こう側が整理され即席の演説台になる。そして、詰め所の奥の扉から二人の人物が現れた。

一人はフェンデリオル正規軍人の制服を着ている。濃緑色のフラックコートと白のベスト、レギンスズボンを履き制帽を着けている。その傍らで、杖を頼りに歩いて来た標準的傭兵装束の実年男性が、ギルド支部長のワイアルドさんだ。長い銀髪を後頭部でまとめている。歴戦の傭兵だったらしいが、膝をひどく故障したために現役を退いてギルド運営に関わるようになった、と聞いた。

二人が現れると場の職業傭兵たちのざわめきが止《や》み、視線が一斉に集まる。先に声を発したのは正規軍人の方だった。

「傾注《けいちゅう》！」

その言葉で全員が一斉に姿勢を正す。直立して言葉を待つ。

「フェンデリオル正規軍、西方司令部、作戦司令部所属副官シモンド・モンフォール少佐だ。これより、西方国境地域、大規模哨戒行軍任務の詳細について伝える」

西方司令部――。

フェンデリオルの正規軍司令部は中央の他に北方、南方、そして西方の三つが存在する。それぞれに特色があるが、特に西方司令部はトルネデアスとの国境に近く、紛争地域を抱えていることもあって、最前線部隊を運用し、これを支援する重要な役目を担っている。

そのため、職業傭兵には最も馴染みのある部署だ。その作戦司令部ともなればエリートコースの一つとなる。そのエリートの一人が、スリムなルックスのシモンド少佐というわけだ。

「新聞記事などで知っている者も多いと思うが、トルネデアスは現在目立った軍事行動がない状態にある。だが前例から考えるに、このまま奴らが黙っている可能性は極めて低い。既に次の大規模軍事行動に向けて準備が進められている、と考えるべきだ」

これは私も新聞で読んだ。何しろ二〇〇年戦い続けているのだ。この戦争に落とし所と言えるものは、もはや存在しない。

「そこで正規軍では、既に精鋭による偵察部隊を派遣している。だが国境地帯は極めて広く、正規軍だけでは対応は困難と判断。諸君ら職業傭兵にも協力してもらうこととなった。このブレンデッド拠点からは総勢一〇〇名を徴用する。任務内容詳細については、ギルド支部長のワイアルド氏から説明する」

その言葉と同時にシモンド少佐とワイアルド支部長が入れ替わる。杖を突きながら進み出てきた。

「任務参加ご苦労。これより任務詳細について説明する」

低めの声がよく響く。神経質そうな印象のシモンド少佐と違い、職業傭兵というものの現実をよくわかっている人柄が滲み出ている。

「知っての通り、既に正規軍にて偵察行動が行われている。その際、トルネデアス側の軍事行動の痕跡が確認された」

支部長の言葉に場が瞬間ざわめく。

「静粛に。続けるぞ」

支部長がひと睨みするとみんなが静まったのは、さすがだと思う。

「西方司令部ではこの偵察結果を踏まえて、国境地帯全域において哨戒行動を取ることとなった。フェンデリオル西域の主立った職業傭兵活動拠点一二ヶ所から総勢二〇〇〇人規模、二〇〇小隊が徴用され派遣されることとなった。君たちはその一〇小隊を担うことになる」

職業傭兵は傭兵ギルドの支部を単位として活動することが多い。支部が異なると縄張り意識もあり、競り合いになることもある。だから、今回のように他のギルド支部と合同の案件となると、その任務結果によって比較されることになる。当然、ギャラにも影響が出る。

「今回は偵察ではなく、あくまでも哨戒行動だ。各小隊ごとに指定された哨戒ルートにのっとって行動。その際に得た情報を報告書として提出してもらう。報告書は小隊名義で提出してもらい、成績評価材料の一つとさせてもらう」

小隊単位――つまり、一人ひとりが個別に報告するのではなく、小隊長が隊全体を掌握して情報をまとめ上げ、それを文書として提出しなければならない。この場合、小隊長を仰せつかった人間には、戦闘技能以上に頭の回転の速さの方が要求されることになるだろう。その負担はより大きいものになる。

「なお、成績結果によって追加報酬が出されるので、各自任務に励んでほしい」

そこで告げられたのは成果報酬という餌だった。場が軽くざわめいたのが、みんながいかに簡単に食いついたかわかるというものだ。

「それでは各小隊別にミーティングに入れ。ギルド支部二階に、各小隊別に割り振られた会議室を用意した」

伝えるべきことを伝えおえて支部長が言う。

「行動開始」

その宣言と同時に職業傭兵は移動していく。私とダルムさんも小隊メンバーに会うために会議室へと向かった。

傭兵ギルド支部の二階には、いくつかの会議室がある。その入口に番号が振られ、その三番――第三小隊に私はダルムさんと入って行く。すると主立った人たちは既に揃っていた。

「失礼いたします」

きちんと挨拶をして入って行く。基本的なことだが重要だ。元軍人系の職業傭兵の人たちは、上下関係とか礼儀とかにうるさい人が多い。傭兵稼業が実力主義だからといって、最低限の礼儀すら欠いていると痛い目に遭う。私はできるだけ末席を選んだ。目立たないということもあるが、場の全体を見渡せるからだ。私の隣にダルムさんが座る。二列向かい合わせにレイアウトされた席はすぐに埋まった。それにしても。

「すごいメンツ」

私は思わず絶句した。

「すげぇなこりゃ」

ダルムさんがそう言うのも無理はない。なぜなら。

「へぇ、最高齢と最年少のご登場じゃねえか」

そう冷やかすのは〝忍び笑い〟ことプロア。半ばふんぞり返るようにして座っているのは、横柄だからというより、そういう風に人より少し崩れた感じで振舞うことが身に染み付いているからだろう。なんというか、本当に悪い人だったらこんなもんじゃ済まないはずだ。

「よろしく」

そうシンプルに挨拶してくるのはパックさん。この人は本当に礼儀礼節そのものといったような人で、悪ぶったところも、偉ぶったところも、そのどちらも微塵もない。背筋を正しシャンとして椅子に腰掛けていた。それ以外の人たちは視線を向けてくるだけ。

ゴアズ、バロン、カークと、元軍人の人も揃っている。パックさんほどではないが、こちらもやはり姿勢を正して椅子に腰掛けているのは、規律と規範で日々を送る軍人という世界を知ってる人たちの姿だ。その他、駆け出しと思しき二人がいる。歳の頃は二〇歳になったかならないかくらいだろう。傭兵として標準の戦闘ジャケット姿に襟元のネッカチーフ。揃った感じの仕立ての服装が印象的だ。緊張しているのか場慣れしていない雰囲気があり、傭兵としてのキャリアはまだまだ浅いように思う。

彼らの視線が私の方に向く。息がぴったりと合っていてその仲の良さがよくわかる。右手を振って軽く挨拶すれば、彼らは私に軽く会釈をしてくれた。そして――。

「けっ、小娘か」

そう吐き捨てたのは、あのやさぐれ男だった。椅子に対してやや斜めにふんぞり返って座っているのは、態度の無駄なデカさと身に染み付いた不真面目さの表れだった。彼が部下になった人は、その扱いに苦労するだろうなと思わずにはいられない。なんでこいつがここにいるのか。

「小娘でもれっきとした二級資格者です」

「ふん、二つ名もねぇくせに」

私の反論を彼は鼻で笑う。食い下がっても疲れるだけなので私は無視した。

それにしても、さっきダルムさんが説明してくれた面々が全て集ったことになる。実力者だが曲者揃い。このメンツをまとめ上げるのは相当骨だろう。正直私ならその役目はゴメンだ。

会議室の扉が開き、ミーティングのまとめ役として傭兵ギルドの担当者が現れる。

「さすがに早いな。欠けてる者はいないな？」

私は驚いた。現れたのはギルド支部長のワイアルドさんだったからだ。

「ワイアルド支部長？」

え？　なんで？　なんで支部長自らご登場なの？

「どうした？　俺が担当では不服か？」

「いえ、そんなことは」

「ここの担当予定者が急病で倒れてな、俺が代打で入ったんだ。さぁ、早速始めようか」

さすがに支部長が直々にまとめてくれるとあって、全員即座に引き締まった。まずは点呼だ。

「名前を呼ぶ。ギダルム・ジーバス準一級」

「はい」

最も資格が上位のダルムさんから名前が呼ばれる。口頭で返され、これを順番に一〇人分繰り返す。質問と返事がリズミカルに繰り返され、最後は三級傭兵のあのサボりの嫌味男だった。

「ルドルス・ノートン三級」

「へーい」

全員が気合よく返事をしたのに最後が締まらない。

「全員揃っているな。さて次に隊長指名だ。辞令には既に明記されているはずだが」

支部長が問えばゴアズさんの手が挙がり、思わぬ言葉が出た。

「隊長指名は私です。ですが私では無理です」

「どういうことだ？」

支部長が怪訝《けげん》そうにすれば、ダルムさんが言う。

「支部長、ゴアズは指揮権放棄になってませんか？」

「なに？　ちょっと待て」

支部長は手元の書類を入念に確かめる。特に【秘】と記された部外秘の個人経歴情報にも目を通し始めた。

指揮権放棄――職業傭兵は二級以上で指揮権が与えられ、小隊長を拝命することが可能になる。だが様々な事情で、あえて指揮権を放棄している人たちもいる。過去に重いペナルティを食らったとか、前歴上なんらかの理由で隊長の立場につきたくない人、専門技能に専念したい人などがこれに当たる。

ゴアズさんは事情があって軍を辞めた人なので、その辺りが理由だろう。だが支部長は書類を確かめて渋い顔になっていた。

「すまない、事務官のチェックミスだ。しかしそうなると――」

支部長は場を一瞥する。

「二級以上で指揮権が残っているのは二人しかいないな」

するとプロアさんが軽口で問う。

「誰です？」

彼が斜に構えて気楽にしているのは、隊長を押し付けられる可能性がない三級だからだ。支部長は答える。

「ギダルム準一級と――」

支部長の顔が私に向かう。

「エルスト二級だ」

「へ？」

想定外の状況に、私は思わず間抜けな声を出してしまった。今、私を囲む状況が一気にシビアになった。

「他の二級職はゴアズとカークが放棄、バロンは凍結となっている。残る二人のどちらかにやってもらうしかないな」

そりゃそうだろう。今から部隊を再編成する余裕はない。でも確かダルムさんって……。

「支部長、俺は勘弁してください。俺の歳、知ってるでしょう？」

「わかってる。君に押し付けるほど厚顔じゃない」

待って待って、ちょっと待って。私は内心、滝のように汗をかき始めた。

「エルスト二級、君ということになる」

待って！　ちょっと待って！　なんで!?

「わた、私——ですか？」

私は慌てふためいた。だってそうでしょう？　このメンツよ!?

一癖二癖とかいうレベルじゃない、第一これだけの大規模任務自体が経験が浅い。だが、場を面白がってわざと逃げ道を塞ぐ奴がいる。

「いいじゃねえの？　一七歳、最年少の美少女隊長ってのも悪くねえぜ？」

軽口を叩くのはプロアのバカだった。おのれ覚えてろよ！　さらにパックさんからも、事もあろうにお褒めの言葉をくださった。

「私からも推薦します。私は彼女を存じていますが、知恵もあるし武も優れている。彼女なら役目を真面目にこなしてくれるでしょう」

お願いやめて。逃げ道を塞がないで。私のことを高く買ってくれるのは嬉しいけど。

だがダメ押しとばかりに、さらにとどめを刺してくれた人がいる。元軍人のゴアズさんだ。

どこから小耳に挟んだのか、先立っての森林警備の事件を口にしたのだ。

「そう言えばエルスト二級は、先日発生した虚偽内容による森林警備事件で臨時の隊長役を引き受けて、部隊の全滅を見事に回避したといいます。その一つの事実をとっても、隊長役を任せるのには十分な実績だと思われますが？」

そういえばそうだった。成り行きとはいえ臨時に隊長役をこなしていたのだ。記録に残っていないからとすっかり忘れていた。内心冷や汗ダラダラの私を前にして支部長が言う。

「みんなの意見は固まっているようだな。では採決を行う。エルスト二級に小隊長を委《ゆだ》ねることに反対する者」

当然私はそっと手を挙げた。そう、私一人だけ。正直言ってバツが悪い。

「反対に彼女に賛成の者」

残り全員――ってアレ？　挙がった手は八人、一人足りない。

「どうした？　ダルカーク」

どちらにも手を挙げなかったのはカークさんだった。静かに語り始める。その威圧感たっぷりの外見からは考えられないような落ち着いた話し方だった。

「俺は彼女の実力も人柄も詳しくは知りません。是非の判断は放棄します。ですが――」

カークさんは鋭くも問いかけるような視線で私を見つめた。

「彼女が小隊長に任命されるのであるなら、俺はその職権に服します」

そう、つまり彼は私に『お前の出す命令には従う。だから黙って引き受けろ』と暗に告げたのだ。生真面目な軍人気質の彼らしい答えだった。バロンさんが賛同する。

「同感です」

ゴアズさんも言う。

「私もです」

そしてダルムさんが助け舟を出してくれた。

「支部長、何かあれば俺がケツ持ちします。問題が起きたときは俺が連名で責任を取る」

「それなら心強いな。どうかね？　エルスト君」

さすがにもう逃げれなかった。ましてやダルムさんにそこまで言わせてしまったのだから、これを無下《むげ》にするわけにはいかない。とはいえ、心と頭では決断のタイミングが異なる。理性では引き受けるしかないとわかっていても、心が受け入れるのを拒んでいた。

正直言って怖い。失敗したらシャレにならない。

でも、先ほど、私に助言をくれた女性傭兵の人は言っていた。

――地道に頑張りな。一つでも武功を立てられればこっちのもんさ。

巡ってきたチャンスはモノにしてこそ成果を得られるのだから。

頭が冷え、心が冷静さを取り戻し、腹が据わる。覚悟は決まった。

「わかりました。小隊長職、務めさせていただきます」

こうなったのならば、自分の力を出し尽くしてでも成功させてみせよう。それに小隊長となればギャラも上がる。仕送り問題も解決する。みんなが協力してくれるという言質もある。拒む理由はもうどこにもない。私は立ち上がり、みんなに挨拶した。

「小隊長を任されたエルスト・ターナーです。よろしくお願いいたします！」

みんなが静かな拍手をもって迎え入れてくれた。そして、支部長が私に告げた。

「それでは本ミーティングのあとで、小隊長の職務について改めてレクチャーするから残ってくれ。ギダルムも一緒に頼む」

「わかりました」

でも、そういえば一人拍手をしてなかった人がいた。視線を向ければそれはあのサボり男、ドルスだ。嫌な予感がしながらも私は支部長のところに歩み寄り、所定の資料を受け取る。ここから先は、小隊長である私が仕切ることになるからだ。

やると覚悟を決めたら、意外と気持ちは落ち着いていた。

「それではミーティングを開始します」

私は凛とした声で告げる。私の小隊長職はこうして始まったのだった。

＊

ミーティングは終わった。作戦行動目的地、必要物資、役割分担、日程、帰参予定日、様々なことを確認し決めていく。そして、作戦行動中に隊長である私をサポートする役目の人間が一人必要になる。いわゆる〝隊長補佐〟だ。これは今のうちに決めておかねばならない。本当ならダルムさんにやってもらえばいいのだが、彼は既に私の小隊長職務の連帯責任を宣言している。だから別の人に任せるしかない。

だが、誰が適当かと考えると一長一短で、誰に任せても問題が起きそうな気がする。それにあの怠け男のドルスをどうするか、という問題がある。作戦行動中にサボられて、二人一組《ツーマンセル》の相方となった人の足を引っ張ることも考えられるのだ。

集団行動では、誰が優秀かということよりも、誰が足を引っ張るのか？　ということを注意しなければならない。ならば、この答えしかないだろう。

「隊長補佐役ですが、ルドルス三級にお願いいたします」

「はあ？　俺？」

私の判断にサボり男は驚いていた。いや彼だけじゃない、無論みんなも。でも支部長とダルムさんは私の意図を察してくれたようだ。こうなったら私の手元に置いといて、監視するしかない。その分、他の人たちに効率よく動いてもらおう。支部長がニヤリと笑いながら言う。

「ユニークな人選だな、ルドルス、健闘期待しているぞ」

「は、はぁ」

呆然としているサボり男をほっといて私は告げる。

「それでは本日いっぱいを事前準備とし、明日の朝、日の出時点をもって作戦行動開始とします。集合場所はブレンデッド西の外れの屋外演習場です。よろしいですね？」

「了解！」

私の指示にみんなからの威勢のいい声が返ってくる。

「それでは解散」

みんなが一斉に動く。それぞれに出立準備に入るのだ。私とダルムさんは残って支部長との話し合いだ。小隊長としての規則や手続きについて教えてもらうことになる。私はダルムさんに改めて挨拶をした。

「それではご教授、よろしくお願いいたします」

「おう」

ダルムさんはにこやかに微笑んでくれた。そして、ワイアルド支部長と三人で膝を並べての座学が始まる。支部長から西方辺境の資料が渡され、それを見てダルムさんが呟く。

「今回の赴く任務地はフェンデリオルの西方の国土領地だが、支配領主すらいない国土未確定地域だ。当然、地名すら決められておらず、軍事地点コードで識別されるので注意が必要だ」

「はい、軍事地点コードは呼び間違いをしやすいので留意すべきと聞いたことがあります」

「そうか、それを知っているなら早いな」

「ちなみに、今回の任務地に一番近い一般領地はどこになるのですか？」

私がそう問いかけたとき、ダルムさんは与えられた資料の地図を見て、今まで見たことのない物憂げな表情を浮かべた。そして、静かに呟く。

「西方辺境領ワルアイユ、残念だが今回は近隣を通過するだけだ」

わたしにはダルムさんのその表情の意味が心に強く引っかかったのだった。

今まさに賽は投げられたのだ。

第2話：西方国境地域偵察任務

朝早く、日の出と同時に行動を開始だ。集合予定地のブレンデッド西の外れの屋外演習場の敷地片隅で集まると、隊列を組んで出発する。そこからは八日間の行程だ。

そして任務地、西方国境地域のとある場所。地名もなく、軍事地図上で地点コードでしか呼ばれない場所に、私たちは到達していた。ここで拠点を決めて哨戒《しょうかい》行動を行い、敵であるトルネデアス軍の動向を調べ、また決められた帰投ルートをたどって帰還する。この地点での滞在日数は実質二日間。到着当日は野営拠点構築と野営地周辺を詳細に調べ、そして、明くる日から哨戒行動に入る。

哨戒行動は二人一組となって行う。小隊は一〇人だからペアは五つ。そのうち、私と補佐役であるドルスさんが拠点地で留守居《るすい》の歩哨となる。残る八人、四つのペアに事前に見当をつけておいたルートをたどって探ってもらう。組み合わせは、ダルムさんとプロアの非軍人ペア、ゴアズさんとバロンさんの元軍人ペア、カークさんとパックさんの武闘派ペア、残る二人の新人さんたちだ。

朝、日の出と同時に簡易糧食で朝食をとり、簡単な打ち合わせをして行動を開始する。隊員を見送り、私はあのサボり男とお留守番をすることになるのだが――。

これがまたけっこうしんどかった。時に、精霊邂逅《かいこう》歴三二六〇年七月一日のことだ。

＊

「暑い……」

　頭からマントをかぶり日差しをこらえながら歩哨に立つ。ここは辺境、温暖で緑豊かなフェンデリオルの国土の中にあって、西方の最辺境と言える地点だ。しかも、フェンデリオル西方外れに広がる砂漠地帯の縁《ふち》なので、気温は尋常じゃないくらいに上がっていく。だがそれでも、砂漠のど真ん中よりは過ごしやすい方だ。

　ここはフェンデリオルとトルネデアスとの境目に当たり、二〇〇年にわたる奪い合いの舞台だ。国境線は存在しているが、守られたためしはない。奪い合いの一進一退を繰り返しているので、哨戒行動で歩いていて突然鉢合わせるなんて珍しくない。そう、野営拠点を決めて待機するだけでも危険と隣り合わせなのだ。

　周囲は砂よりも岩の方が多い岩砂漠で、植物は低木がまばらに生えている。吹き抜ける風は熱く、頭上からは焼けるような日差しが照りつけていた。普通に立っていたのでは、あっという間に血液が沸騰して〝お亡くなり〟になってしまう。なので、体調への影響を考慮して交代は一時間おきだ。

　そして、この過酷な環境下では、服についても考えなきゃいけない。私は普段の服装だけなく――ボタンシャツ、ノースリーブのロングワンピース、その上にフード付き外套――さらにその上にラクダの毛で編まれた大きな純白の布を頭からかぶる。その状態で周囲を警戒しながら、視線を配り続ける。とはいえ――。

一緒にいる隊員が問題だった。

片方が歩哨役として立っている間、相方は日よけの天蓋《てんがい》の下で休憩を許可される。だが、休憩の間も何かあれば即座に動けるように準待機しているのが暗黙の了解だ。私は天蓋の下で待機している、サボり親父のドルスのことを横目で睨《にら》んだ。

準待機どころか、寝そべって仰向けになっている。それはまさに怠け癖の権化。

ダルムさんの言った通りで、まるで状況というものを理解してない。私は、苛立ちを抑え穏やかに告げる。

「ルドルス三級、作戦時間中です。完全休憩ではありませんよ」

完全休憩――。軍務に通じている人間なら理解できる言葉だ。

作戦行動にすぐに戻る可能性があるときは、寝そべったり、ましてや靴を脱いだりするようなことは禁じられる。それができるのが完全休憩なのだが、通常は夜間、または作戦行動領域から離れたときにのみ許されるものだ。なのにこいつは――。

彼が仰向けのままで言い訳をする。

「いいじゃねえかよ、早々簡単に敵襲なんて来ねえよ」

まるで緊張感のない言い訳が、やる気のなさを物語っている。注意を払うように言われていたが、まさかコレほどとは思わなかった。それに寝そべるだけでなく、別の問題もある。彼は、

手のひら大の粗雑な文庫雑誌を手にして眺めていたのだ。もうコレ以上は見過ごせなかった。私はつかつかと歩み寄るとひったくる。

「あ？　おい！」

「休むのは構いませんが、これはだめです」

「ちょっとくらいいいじゃねえかよ」

その反論に対して、私は鋭く睨みながら強く言い返した。

「全体での完全休憩ならともかく、準待機です。しかも他の人たちは哨戒行動中です。控えてください」

そう、他の隊員たちはこの炎天の下、行動中だ。個人の勝手は許されない。そして、その個人の勝手が許される限度について采配を振るうのは、隊長の役目だった。

しかも、それは一般に〝風説本〟とか〝銅貨本〟とか呼ばれる安雑誌で、低俗な噂話が書かれていることで有名だ。出どころも怪しい風説がまことしやかに書かれている。たしかに、職業傭兵の中には、休憩時の暇潰しにちょうどいいと持ち歩く人もいる。だけれど、風説記事の他にも成人男性が好みそうな、その手の読み物が書かれていることもあるから始末に負えない。

「まったく――、なんでこんな低俗な物」

私は苛立ちを口にしたが、それに対してサボり親父が反論してくる。

「バカ、そっちじゃねえよ。一〇ページを見てみろ」

「え？」

言われるままに広げればそこに書かれていたのは――。

「二年前の〝モーデンハイム家令嬢失踪事件〟の最新情報？」

「お前も知ってるだろう？　当時、国中で騒動になった〝あの話〟だ」

「それは知ってますけど」

今を去ること二年前、さる上流階級のご令嬢が謎の失踪事件を起こした。この国に一三ある高家の上流階級の一つ、〝モーデンハイム家〟のご令嬢。それが軍学校を卒業直後、突如失踪したとされている。表向きは海外留学と説明されているらしいが、否定する意見もあり、市井の人々の間では諸説飛び交ってゴシップ好きには格好のネタとなっていた。失踪事件から二年経過した今でも、その令嬢本人は衆目の前に姿を現していないという。

私は文庫雑誌を少しだけ眺めてドルスさんに返す。

「なんで今さら？」

私が困惑してそう問えば、彼は言う。

「〝今さら〟じゃねえ、〝今でも〟だ」

「え？」

ドルスさんは真剣な表情で言う。

「こういう風聞本や新聞記事とかじゃ、今でも失踪した令嬢の消息はネタになってるんだよ。何しろ〝姿が見えない〟というのは事実なんだからよ。有力な情報には賞金も出るって話だ」

「まさか、賞金狙いですか？」

「まぁな。不確かなネタでも、向こうが気に入れば手間賃くらいは出るって話だ」

「それ任務中にやることですか？」

もはや呆れるよりなかった。だが彼は言う。

「どうだ、お前も一口乗るか？　家賃厳しいんだろ？」

「いりません！　それに私の懐具合が厳しいのは、家族への毎月の仕送りのためです！　自分でなんとかします」

「そうかよ、そりゃ悪かったな」

到底、プライドある職業傭兵とは言えないような言いっぷりに嫌悪を覚える。

私は毎月仕送りをしている。離れて暮らす身内の医療費。そのために、実力さえあれば確実に稼げるこの仕事を選んだ。職業傭兵は実入りがいい。命をかけるというリスクはあるが、その辺は自信があった。戦場や野山を駆け巡って得た報酬を、離れて暮らす家族へと毎月送っていた。それは大切な、とても大切なことだ。

だが、その思いを汚されたような気がしてイライラしてくる。

そんな私に、彼は追い打ちをかける。私をじっと見るなりこう言ったのだ。

「そういや、似てるなぁ」

「何がですか？」

「ん？　これに書いてる失踪令嬢とお前がな——背丈とか髪の色とかな」

ちょっと待って！　なんでそうなるのよ！

「銀髪に碧い目、二年前に一五歳だから今なら一七か――そういやぁお前も今一七だったな」

「やめてください！　変な噂を立てられたら困ります！」

噂に上っているご令嬢の容姿は私と同じで、髪が銀色、瞳は翠色をしている。

「髪や瞳の色なんて、中央に住んでいるフェンデリオル人ならよくあるものです。身長や年齢はたまたまです！　その程度で同定されたら該当者はいっぱいいますよ！」

私は強く反論した。正直言ってこの件で騒ぎにされたくないのだ。

「今の仕事を続けていたいんです！　それだけは本当にやめてください！」

下手に騒ぎになり人目を集めるようなことが起きたら、最悪、今の仕事をできなくなる。それだけは嫌なのだ。だが彼は鼻で笑った。

「冗談だよ。だいたい上級侯族のご令嬢様が、こんな岩砂漠に金欠で突っ立ってるわけねえやな」

それは言っていいことの限度というものを超えていた。声を上げて笑う彼を思わずぶん殴りそうになる。だが、今の私は隊長職をしている。感情を爆発させるよりやることがある。喉元から『ふざけんな！』と罵声が出そうになるのを、ぐっと飲み込んだ。

ドルスはなおも寝そべったままだ。やる気は微塵《みじん》も見えない。だが、いつ他の隊員たちが戻って来るとも限らない。その前にこの状況を解決しておきたい。

そんなときに不意に脳裏をよぎったのは、以前に世話になった、とある年配の女性傭兵の言葉だ。

——だめな奴ってのは、威圧されても殴られてもそうそう動かないよ。叱責してもこちらを小馬鹿にする以上、今のやり方では効果はない。

——駄馬だって、おだてられれば喜んで走るもんさ。

その言葉を思い出したとき、あるやり方がひらめいた。ちょっと女であることを武器にするようで不本意だが。私は名を捨てて実を取った。

「ルドルス三級」

私は口調を抑えて穏やかに語りかける。

「どうしたらやる気を出してくれますか？」

ちょっと猫撫で声、少し真面目な問いかけ。急に変わった雰囲気にドルスは戸惑っている。

「んあ？」

「その本をしまって準待機でいてくれるなら〝街〟に帰ってから一杯奢《おご》ってあげます」

「奢る？」

「はい」

街——私たちの活動拠点ブレンデッドのことだ。私の言葉にちらりと視線が動く。言い方が急に変わったので不審がっているが、拒否はしてない。これはもうひと押しかもしれない。

「奢るだけか？」

「それは、ドルスさんのやる気次第です」

「——」

ドルスは無言のまま文庫本を閉じて体を起こした。私はさらに畳みかける。

「大切にしてる、とっておきの〝ドレス〟があるんです」

ドレス——その言葉が彼の興味を強く惹いたらしい。彼は私にこう問いかけてきた。

「いいのか？　そんな約束しちまって」

「こんな約束をしてでも、初めての隊長のお仕事を成功させたいんです」

私はいかにも真剣な表情で彼の顔をじっと見つめた。わずかな睨み合いのあと、彼は軽くため息を吐いて文庫雑誌をしまい込む。そして、立ち上がってブーツを履きながら言った。

「わかったよ、準待機に戻る。それでいいんだろ？」

「ご理解いただき、ありがとうございます」

「お前が任務のためにそんな約束を持ち出すんだ。それまで違《たが》えたら傭兵じゃねえからな」

そう語る彼の言葉の片隅に、私は彼の傭兵としての意地のようなものを、まだ感じられるような気がした。

「ありがとうございます」

このときは、まだ彼のことを信じられると思ったのだ。

交代時間がきて、今度は彼が歩哨に立ち、私は天蓋の下に潜る。時間も昼近くなので、保存食の乾燥パンと干し肉、乾きを癒すためにプラムの乾燥フルーツを齧《かじ》る。愛用の武器を腰に下げたまま、行動日程の管理表を取り出しチェックする。脇目でちらりと見れば、サボり魔だったはずの彼は、割と真面目に歩哨をしてくれていた。

(やればできるじゃない)

そう感心しているときだった。

——チャッ。

ドルスが腰に下げている刃物を抜いた。〝牙剣〟と呼ぶ、私たち民族に伝わる固有の武器だ。一枚板拵《こしら》えの肉厚な曲剣で、大きさや形は使う人の戦いの流儀によってそれぞれ違う。ドルスの牙剣は片手用で、とても軽量に造られている。

私も素早く立ち上がり、腰に下げていた武器を掴む。こっちはステッキハンマー風の武器で〝戦杖〟と呼ばれている。

ドルスの視線をたどれば、そこには誰かが駆けて来るシルエット。それも見覚えのあるシルエットだ。

「あのバンダナ、プロアさん！」

「何かあったらしいな」

頭にバンダナを巻いたプロアだった。ラクダの白マントを首に巻き、たなびかせながら駆けて来る。私とドルスも駆け出した。

「どうしましたか!?」

私の叫びにプロアが答える。

「接敵！　トルネデアスだ！」

「なに!?」

途端に緊張の度合と危険度が勢いを増す。プロアさんと私たち、双方が駆け寄った。

「状況を」

「国境侵犯だ、一〇人規模で何やら調べている」

「武装は？」

「武装は軽装、ただし馬上弓を装備している。まだこちらには気づいてない」

とりあえずの初期情報は得た。次に仲間の安否だ。私は矢継ぎ早に尋ねた。

「発見したのは？」

「バロンだ、ダルム爺さんとゴアズもいる」

「残り四人は？」

「パックの旦那とカークのおっさんには会えた。残り二人には、パックの旦那が伝令に向かった」

そこでドルスがプロアに問うた。

「軍用ラクダを連れているか？」

「もちろん。全員、砂漠越え装備の軍用ラクダに乗ってるよ」

私は与えられた情報から即座に判断を下した。

「私も現地に向かいます。ルプロア三級、案内を」

「了解」

そしてもう一人、ドルスにも命じる。

「ルドルス三級は、ここで待機願います」

「わかった」

要は荷物番、だが帰還のルートを考えると装備や食糧を失うわけにはいかないから、重要な役割だ。彼の声が聞こえる。

「おい」

私たちが振り向けば、ドルスは真剣な表情で言った。

「火薬武器に気をつけろ。砂モグラには〝火竜槍《マドファ》〟がある」

それはドルスなりの忠告だった。〝砂モグラ〟とはトルネデアスの兵を揶揄《やゆ》する俗語。さらには、大量の矢や金属片を火薬で一斉発射させる、火竜槍という強力な携帯砲火器の情報。大きさも種類も多岐にわたり、状況に応じて使い分けることができる。知っておいて損はない情報だ。

「ありがとうございます。注意します」

ドルスさんへと礼の言葉を送る。

「現場へ！」

その言葉とともに私たちは走り出した。

*

そして、走ることそう遠くない距離。待機場所が視界の外へと消えるほどの道のりを越え、曇ることのない炎天下、岩場の陰にみんなが先行して集まっている。そこへと足音を潜めて駆け寄った。

「隊長」

そう野太い声で問いかけてくるのは巨漢のカークさん。その傍らに、二人を捜しに行ったという東方人のパックさんがいた。

「申し訳ありません。残り二名と連絡が取れません」

パックさんは正統派の武術を学んで習得しているため、足が速い。その彼の足をもってしても見つけられないなら、致し方ない。私はこの場に集っている一人ひとりの顔を眺めながら言う。

「仕方ありません、この七人で対処します」

そして求めた。

「敵兵を視認できる場所は？」

その問いに答えたのは、左右持ちの双剣を得意とするゴアズさんだ。

「こちらです」

彼に案内されて、そこから少し歩いた場所の岩場の陰からトルネデアス兵を視認する。その数は一〇名、全員が軍用ラクダを連れており、それに乗って来たのがわかる。ゆったりとした造りのドラーマと呼ばれる長袖の上に、ドルマンと呼ばれる長袖の前合わせのコートを羽織っている。さらに頭から全体をすっぽりと覆うフード付きマントを被っていた。

武装は腰に下げた直剣と馬上弓だが――。

「やっぱり。火竜槍もある」

ラクダの背の後ろの方に円筒状の武器が載せられている。中に火薬と矢を仕込んだ火砲兵器の火竜槍《マドファ》だ。トルネデアスではこの武器が頻繁に使われている。

「あれを使われたら厄介です。最悪、こちらも全滅しかねません」

「正面からの単純制圧は無理ですね」

見れば、敵地視察しているかのように三人ほどが視認したものを話し合っていて、記録を取っている者もいる。残りの人員は警戒役らしい。

「強行調査部隊？　進軍ルートの現地調査かしら？」

「その可能性はあります」

「戻りましょう。制圧方法を決定します」

「了解」

私たちは足音を潜めながらその場から立ち去った。みんなが待っている場へと戻ると、状況を話し合う。私は意見を述べた。

「おそらく強行調査部隊でしょう。大規模軍勢を送るための、進軍ルートを策定する目的と思われます」

巨漢のカークさんが言う。

「侵略前の地ならしってところか」

さらにダルムさんが顎を手で撫《な》でながら思案する。

「おそらくこの一部隊ってこたぁねえだろうな。最低でも一〇部隊以上は色々な地点に放っているはずだ」

そこにバンダナが目立つプロアさんが問うた。

「じゃあ、アイツらを制圧しても無駄足か？」

彼の発言の意図がすぐにわかった。彼は対案としての参考意見を述べたのだ。思ったよりも視野の広い人物のようだ。私はそれに対する答えを出した。

「いいえ、無駄ではありません」

私にはある思いがあった。たとえ敵の偵察部隊だったとしても、行軍ルートの先行調査部隊だったとしても、見過ごせない理由があるのだ。

「彼らが調査結果を持ち帰れば、次の大規模軍事行動において重要な後押しになります。そうなれば、たとえ些細《ささい》な情報だったとしても、それだけ戦争に巻き込まれ苦しむフェンデリオル市民が増えることになります」

私は言う。力を込めて。

「たとえ、小さな成果でも、一滴のしずくに等しくても、私たちの国を守るためには全力を尽くすべきです」

そして、私は結論を下した。

「彼らの調査結果持ち帰りを阻止します。そして、今後のトルネデアス軍事行動の拡大を抑止します」

つまりは〝殲滅《せんめつ》〟だ。

「了解」

「了解しました」

「了解です」

「心得ました」

それぞれに声が返ってくる。同意しない者はいなかった。

「状況として、敵はまだこちらに気づいていません。しかし接近しての制圧を行う前に、遠距離攻撃を主体として討ち取りましょう」

私の発した作戦方針にみんなが聞き入ってくれている。みんなに命じた。

「隊長として指示します。ダルカーク二級とガルゴアズ二級を主体に、三手に分かれて挟撃します。それぞれ所持する精術武具で敵を足止め、もしくは数を減らしてください」

〝精術武具〟――私たちフェンデリオルにのみ存在する、独自の精霊科学武器だ。風火水地の四精霊を軸として、特殊効果を発揮できるように様々な武具に仕組んである。基本原理は数百年以上前に生まれ、普及したのは二五〇年前のことだ。今の部隊では、私が知る限りではカークさんとゴアズさん、そして私自身が所有している。

「ここから見て、右手側にガルゴアズ二級とギダルム準一級、左手側にダルカーク二級とランパック三級を配置します。さらにバルバロン二級は、敵の隊長格を狙撃してください。ルプロア三級はバロンさんと私の間の伝令をお願いします。その後に、全員で一気に畳みかけて掃討します」

そこにプロアが問いかけてくる。

「攻撃タイミングはどうする？」

二手以上に分かれるのなら、攻撃の同調を図るのは基本中の基本だ。だが策はある。

私は右腰に下げていたステッキハンマー状の武器の戦杖を見せて言った。

「私の所持武器は地精系の精術武具です。これで〝地響き〟を軽く鳴らします。それを合図にしてください」

みんなが無言で頷く。作戦は決まった。あとは行動あるのみだ。私の凛とした声が砂漠に響いた。

「行動開始」

そして足音を潜めたまままみんなが散っていった。それぞれが配置につく。

右手側にゴアズとダルム、左手側にカークとパック、背後の少し離れた位置の高所にバロンさんが、私はそれぞれの中間地点にて待機している。

敵兵の様子を窺《うかが》えば、こちらに気づいている様子は今のところない。状況としては申し分ない。バロンさんが狙撃の準備をしている。ひどく長く感じる時間を待てば、プロアさんが足音を潜ませて駆け寄って来る。無音歩行――、隠密行動する際の特殊技能の一つ。なるべく足音を立てずに、素早く速やかに移動する。これができるということは、やはり彼は斥候や暗殺において優れた技を持つ人物なのだろう。プロアさんが私に告げる。

「配置完了、いつでも行けるぜ」

「了解」

そして私は手にしていた〝戦杖〟をハンマー部分を下にして、握りの部分を掲げて構えた。

「精術駆動　大地響動」

それは精術を発動させるためのトリガーとなる聖句。術者の認識の中に精術の作動手順が存在し、精霊感応素材・サイオラピスが使われた精術武具が触媒となって、聖句を詠唱することで精術が発動する。

私は敵に悟られないように、術の発動ポイントを三ヶ所に制限した。こちらの部隊員を分散配置しているポイントだ。右手側、左手側、背後少し斜め上、そこに私の仲間たちが控えている。その場所のみを意識して地面を震わせる。

――ズンッ。

微弱な地震でもあったかのような振動を立てる。トルネデアス兵には気づいた素振りもない。

そして、みんなが一斉に襲いかかった。

――ヒュッ。

風を切って一本の矢が飛んでいく。狙撃兵であるバロンさんが放ったものだ。敵がそれに気づく前に、敵部隊の一人を討ち果たす。頭に巻いたターバンの額にある徽章《きしょう》の色が一人異なるので、おそらくそれが隊長のはず。

そして、私から見て左側、カークさんがその籠手型の武具を用いて雷撃を発する。

「精術駆動　雷撃疾駆！」

右拳を振り上げ、それを地面へと突き立てれば、地表に複数の雷光がほとばしり、敵兵へと襲いかかる。そして、数人をまとめて吹き飛ばした。彼の精術武具は雷精系で、雷撃や稲光を自在に操ることが可能だ。

さらに反対の右側では、ゴアズさんがその両手に構えた二本の大型牙剣を、体の前方で軽く打ち鳴らした。

「精術駆動　酔夢の鐘」

それはまるで拍子木《ひょうしぎ》か音叉《おんさ》でも打ち鳴らすかのようで、ここからでもその心地よい残響がかすかに聞こえる。おそらくは効果範囲を限定して術を発動させているのだろう。彼が狙った方角のトルネデアス兵が、立ったまま激しい睡魔に襲われたようにふらついている。

その精術武具は極めて希少な歌精系と呼ばれるもので、音による攻撃を可能にするものだ。

これで一〇人中一人が死亡、七人が行動不能になった。あとは一斉に仕留めるのみだ。

私は宣言した。

「突撃」

カークさんの雷撃と、ゴアズさんの音撃で、敵は立っているのがやっとの状態だ。残り九人に対して、三方向から襲いかかる。

攻撃の口火を切ったのは武術家のパックさんだ。素早く駆け寄り懐に飛び込むと、右脇下から繰り出した掌底で胸骨を強打する。敵兵は後方へと吹き飛ばされ、口から血を吐いて絶命した。

次いでダルムさん。見かけに似合わず巨大な戦鎚を武器とする彼は、戦鎚を肩に担いで飛び出すと、近接して戦鎚を振るい胴体を強打する。骨が砕ける音が響き、敵はその場に頽《くずお》れた。

さらにカークさんが両拳の拳打の連撃で二人を屠《ほふ》り、ゴアズさんが三人を一気に斬り伏せる。

これで残りは二人。

プロアさんが見事な空中蹴り技で敵一人の頸部をへし折り、残る一人は私が始末する。敵兵が腰に下げたサーベルを抜き放ち上段に構えるのを見据える。それを前にして一気に踏み込み、振り下ろされたサーベルを右手に保持していた戦杖を掲げて受け止めつつ、左足で足払いをかける。バランスを崩した敵兵を左手で突き飛ばして仰向けに倒し、振り上げた戦杖でその顔面を叩き割る。これで最後の一人が絶命。

周囲を見回せば、討ち漏らしはない。敵兵一〇名を完全に仕留めた。

「現状確認し報告を」

その問いかけにカークさんが答えた。

「敵、全数撃破完了」

報告を受けて自らの目で最終確認をする。息をしている敵兵はおらず、確かに全てを討ち取っている。

「確認、了解しました」

そして私は改めて指示した。

「敵、所持品等を確かめてください。フェンデリオル領内の調査資料などがあれば回収し、軍本部に提出します」

「了解」

敵が何か目的を持ってこの地にたどり着いたのであれば、その目的を証明する〝何か〟を持っているはずだ。これもまた戦争の最前線の現実。死者の亡骸《なきがら》を探りながらも、私たちの気持ちは奇妙に落ち着いていたのだった。そして、主立った物証が集められる。

地形図、記録日誌、地形照合用風景画、そして、朱色の線が入れられた白地図、いずれもが砂漠越えや敵地調査で重要になる物ばかりだ。内容が重複しているものは、一つだけを残して廃棄する。そうして厳選したのちに速やかに撤収する。

「野営地に戻ります。敵残存兵の伏兵には警戒してください」

隊列を組んで野営拠点地へと帰還した。周囲警戒は怠らなかったが、さしたる問題はなかった。

敵の気配が消えた、それが私の中の緊張感を断ち切ってしまったのだろう。いまだ戦場にあるというのに、私はしてはならない安堵《あんど》をしてしまっていた。

視界の中にドルスに任せてきた野営地があり、天幕が設置され荷物が並んでいる。そして、その周辺にドルスが待機しているはずだった。

「あれ？」

私は思わず声を漏らした。サボり男の姿が見えないのだ。ゴアズさんが訪ねてくる。

「どうしました、隊長？」

「え？　いいえ、ルドルス三級の姿が見えません」

私は心配になり一人進み出る。

「どこに行ったのかしら？」

周囲を見回そうと開けた場所に出ようとする。完全に周囲に対する警戒が私の中から抜けていた。

そのときだった。

「伏せろ！　ルストぉ！」

突如聞こえてきたのは、あのドルスの声。それも強烈な怒鳴り声。私は咄嗟《とっさ》にその場にしゃがみ込んだ。そして――

――ヒュンッ！

強く風を切る音がする。何かが射たれた。次の瞬間、私の頭上を一本の矢が通過する。そして刃物が人体に突き刺さる音がする。

――ドカッ！

体が地面に落ちる音がする。

――ドサッ。

　一連の声と音、何が起きたのか自分の頭で理解しようと努力する。だが驚きと無意識のうちに感じてしまった恐怖が、私の足を竦《すく》ませてしまっていた。

「隊長！」

　みながいち早く私のところに駆けて来る。腰を抜かしている私を抱き起こしてくれたのは、一番年若いプロアだった。

「大丈夫か？　怪我はしてねえか？」

「は、はい」

　頭の中の理性が身の危険が生じていたことを理解している。何者かが私を襲い、攻撃し、ドルスがそれを発見して警告し、襲撃者を討ち取ったのだ。

　だが同時に、私は死の恐怖を感じていた。立とうとして立てず呆然としている私を、誰かが平手打ちする。

　――パンッ！

　そしてかけられたのはダルムさんの声だった。

「しっかりしろ！　まだ任務の途中だぞ！」

　頬の痛みと強い叱責の声が、私の心と理性を正気に戻してくれた。しっかりと自分の足で立ち、支えてくれたプロアさんから身を離す。

「ありがとうございます」

　礼を言いつつ周囲を見回し、そしてそこに見たのは、少し離れた位置の岩場から地面へと落ちていったトルネデアス兵の遺骸だった。その背中に、ドルスの片手用の軽量な牙剣が突き刺さっていた。

私は自分の身に何が起きたかやっと理解した。私は伏兵に襲われたのだ。

「ご心配をおかけしました」

そう声を漏らすのがやっとだった。隊長としてよりも、職業傭兵としてあってはならない気の抜き方だった。ドルスが私に歩み寄って来るなり言い放つ。

「迂闊《うかつ》だぜ、隊長さんよ」

その声は非常に冷静だった。彼は言う。

「トルネデアスの兵集団には〝報復人〟と呼ばれる風習があるんだ」

彼の説明をみんなが聞き始めた。

「一〇〇人規模の本隊とは別に、一人か二人が少し離れた位置で別行動をとる。そして本隊が全滅するなり仲間の敵討ちとして報復を行い、これを果たすことで神の名のもとに名誉を取り戻すんだ」

初めて聞く風習だった。知らなかったのは浅学だからではない。経験が浅いからだ。私は自分の未熟さを噛《か》み締めずにはいられなかった。

「初耳です」

「当たり前だ。報復人が動かなければ誰も気づくことがないからな。だがこれで勉強になったろ？」

そのとき私は気がつかなかったが、今にして思えばその言葉は、ドルス自身が過去に報復人に遭遇したことがあるということに他ならない。彼は私の肩を叩く。そして耳元で囁《ささや》いた。

「約束、期待してますぜ」

誰にも聞こえないようにそっと。

これほどの活躍を見せられたのだ。私が言った〝やる気〟とするには十分すぎるものだ。ならば、約束は約束だ。私は無言でドルスに微笑み返す。ドルスは意味ありげに口元で笑っていた。

ちょうどそのとき、連絡の取れなかった残り二人が姿を現した。彼らは驚いたことに、トルネデアスの兵を一人、捕虜にしていた。すなわち、彼らは彼らで敵兵と戦っていたことになる。

「隊長！　敵兵を捕らえましたぜ！」

私はその言葉に二人がしでかしたミスを咄嗟に理解した。それは絶対にあってはならないものだったのだ。私の口から思わず罵声が飛び出た。

「何をしているのですか！」

連絡の取れない二人、野営地付近に潜んでいた伏兵、行動を開始していた報復人、そして、無断戦闘。私の中で全てが一つの糸で繋がる。私の罵声に、驚きの表情を浮かべている二人に、さらに怒鳴り声をぶつける。

「接敵したのであれば、なぜ報告しないのですか！」

その言葉に異論を唱えている者はいない。

「敵の存在を視認したのであれば、それに対する行動の判断の是非をするのはあなたたち自身ではなく、指揮権を有する隊長である私です！　勝手に戦闘し勝手に捕縛したのみならず、この野営地点を敵の伏兵に知られてしまった！　損害が生じなかったからいいものの、誰かが討ち取られていたらどうするつもりだったのですか！」

私の言葉に、彼らは自分たちの軽率さをやっと理解したらしい。蒼白な表情で言葉を失っていた。その二人につかつかと歩み寄り、振り上げた拳で制裁を加えたのは、元軍人で巨漢のカークさんだ。

――ボクッ！　ドカッ！

鈍い音がして二人とも殴られる。そしてカークさんは野太く低い声で言い放った。

「お前たちの行動で、あやうく隊長が討たれるところだった」

その言葉に二人は反論すらできなかった。ゴアズさんとバロンさんが、捕虜となったトルネデアス兵を連行して来る。軽率な行動をした二人は、ただそれを見守るしかない。

ちなみに、トルネデアス兵を軽々しく捕虜にはできない、確固たる理由がある。彼らと私たちでは、軍規はもとより精神的な文化に至るまで大きな違いがあるからだ。

私はゴアズさんとバロンさんに対して告げる。

「ガルゴアズ二級、バルバロン二級、その方を私の前に連行してください」

「了解です」

「了解」

二人は敵意を隠さないままのトルネデアス兵を私の前に連れて来ると、両手と背中を押さえて私の眼前で膝をつかせた。私は彼を見下ろしたまま、私たちの国の言葉ではない、彼の国の言葉で問いかけ始めた。

『西方の帝国からやって来た兵よ。私にはあなたの神の名のもとに、あなたに与えるべき慈悲が二つあります』

私が彼に対して発した言葉は、トルネデアスの公用語である〝西方帝国語〟だ。彼らの言葉を口にしたことで、その表情が驚きに変わった。

『一つの慈悲は、あなたを解き放ち母国へと帰還させることです。そしてもう一つは、誇りある殉教をもってあなたの名誉を守ることです。どちらを選ぶのもあなたの自由です。さぁ、選びなさい』

トルネデアスの言葉を理解することは、彼らと戦ううえで重要だ。職業傭兵でも習得している者は珍しくない。他の人たちも私と彼の対話をじっと聞いている。少しばかりの沈黙のあとに彼は答えた。

『あなたが私の名誉を守ってくれるのであれば、その慈悲におすがりいたします』

つまり、私たちの下す現地処刑を受け入れるというのだ。

『目を瞑《つむ》りなさい。最後に述べる言葉はありますか？』

私が下した最後の言葉に彼はこう答えた。

『私の名誉を守ってくれるあなたに祝福があることを願う』

それで彼は目を閉じる。私は右手に握っていた戦杖を振り上げ、彼の頭部めがけて勢いよく振り下ろした。

——ガッ！

鈍い音とともに頭蓋が砕けて、即死。殉教処刑は速やかに完了した。その光景を呆然として眺めるあの二人に私は説明をする。

「トルネデアス兵は捕虜にして尋問をしても、絶対に口を割りません。なぜなら彼らにとって最も罪深いのは、自らの神と神に対して交わした約束を裏切ることだからです。

そして、たとえ拷問の末に命を落としたとしても、神の名誉と、神の名のもとの契約を守り抜いたことで、死後の栄光が約束されると頑なに信じているのです」

私の言葉にダルムさんが言葉を続けた。

「それに負け戦で一人でおめおめと帰って来た者を、トルネデアスは許さない。こいつが生きて帰っても、待っているのは名誉を汚した罪と処刑だけだ。逆に戦死することで、残された家族は篤《あつ》い恩給を受ける。残された男子がいれば軍が喜んで迎えてくれる。奴らにとっちゃ単独で捕囚になってもなんの利もないんだよ」

そう、だからこそ彼をこの場で仕留める必要があったのだ。

だが、感傷に浸っている暇はない。この場所は既に敵に把握されていると捉えるべきだ。ならば取るべき行動は一つだ。

「この野営地を速やかに撤収します」

「了解！」

全員分の声がする。天幕が片付けられ、置いてあった荷物を身につける。残存物をチェックし足跡すら消していく。移動準備は整った。

「出発！」

かけ声とともに隊列を組み移動を開始する。目的とする場所は、ここから可能な限り離れた別の場所だ。帰還ルートの途上で新たな野営地を策定するしかない。

しばらく歩いてから並んだ列を確かめようと背後を振り返ったそのときだ。隊列の一番後ろに控えていたプロアさんが私の顔をじっと見ているのに気づいた。

「えっ？」

彼がその手で開いている物。それはドルスが持ち込んでいたあの文庫雑誌だった。開いてあるのはおそらく一〇ページ。私と視線がかち合うと、彼はさりげなく視線をそらした。

彼が私に対して何を思っているかは考えたくない。今はただ危険から身を遠ざけるのみだ。

そして別の地点での一泊の野営のあとに、私たちはブレンデッドへと帰参したのだった。

第3話：傭兵の街とドレス姿の果たし合い

——フェンデリオル国。それが私たちの住んでいる国の名前だ。

オーソグラッド大陸の中西部に位置し、海に接することのない内陸国。周囲を高い山に囲まれながらも、豊富な水資源や農林資源、地下鉱物資源に恵まれた国。しかし、周囲を軍事強国に囲まれているが故に、古くから戦乱の絶えない国だった。それは今から去ること六〇〇年前に先史フェンデリオル王国が滅亡。三五〇年間にわたる被征服時代を経て、二五〇年前に再独立——。新生フェンデリオル国が建国されて、今に至っている。

それ以来、周囲の国々とはまぁなんとか仲良くやっているのだけど、唯一、西側の乾燥地帯で国境を接しているお隣さんとは、独立以後も〝山ねずみ〟と〝砂モグラ〟という蔑称で罵り合う間柄が続いている。その二五〇年にわたるケンカ相手の名前は、トルネデアス帝国——太陽を神様として信仰している独裁集権国家だ。自分たちの神様が一番偉いと頑なに信じているから、自分たちの周りの国々に対しても横柄極まりない。

で、そんな連中と隣接している私たちは、常に緊張を強いられている状態にあるのだ。それもそのはず——。

トルネデアスとフェンデリオルの国力差・兵力差は約一〇倍近い開きがある。まともに向かい合ったら面積、人口、総兵力と、ともに太刀打ちなんかできっこない。だから、私たちは一人ひとりの戦闘能力に磨きをかけることに力を注いだのだ。

『一人が一〇人を相手に戦うことができれば、国を守れる』

ずっと昔にご先祖様たちはそう考えたらしい。まぁ、無茶な発想だと普通は思うだろう。だが、私たちの先祖はそれをやった。一〇倍差を埋めることに成功したのだ。すごいよご先祖様。

それは〝精術〟という特殊技術で、風火水土の精霊科学を指す。一度は継承が途絶えて失伝したらしいが、二五〇〇年前に精術が使える武器〝精術武具〟という形で復活。一〇倍差を埋めて戦うことに成功して見事独立を達成したわけだ。でも調子こいて、独立するついでにトルネデアスの領地をごっそり戴いたりしたものだから、

「俺たちの土地を返せ！」

「嫌だ！　返してほしけりゃ今までの狼藉《ろうぜき》を謝れ！」

「誰が謝るか！　お前らなどに謝る理由はない！」

「なんだと!?」

「何を!?」

「やるのか？　こら！」

「おう！　やってやらぁ！」

と、私たちとトルネデアスは罵り合いながら、これを二五〇〇年も続けているんだな。飽きもせずに。

だが、三五〇〇年間続いた被征服時代。そのひどさは筆舌に尽くしがたいものだったらしい。

今なお、フェンデリオルの国のあちこちに、破却された聖殿や神殿が残されており、略奪の限りを尽くされ搾取され続けた当時のその爪痕が、生々しく残されている。

私たちフェンデリオル人は、髪の色や瞳の色が種類が多岐にわたっている。だがそれは被征服時代の圧政の忌まわしい遺産なのだ。

偉大な先祖たちは、多大な犠牲をはらみながらも苦難の末に故国を取り戻した。安住の地を手に入れ、それを後世へと残してくれた。そんな彼らが残してくれた故国をみんなで守るために、ある制度が生まれた。それを〝国民皆兵士制度〟と言う。

つまり『フェンデリオルの正当な民であるのなら、自らの故国を守る兵士として戦うべきだ』という掟。だからフェンデリオルの人々は、誰もが戦うことができる。武器を持ち、連携し、連帯し、いざというときの困難に立ち向かう覚悟ができているのだ。もちろん私も。

そしてこの制度は、他では類を見ない独特な軍事制度を我が国に生み出すに至った。戦闘を統率し指揮し、戦線を維持する役目の〝正規軍人〟。正規軍人の指揮に従い、戦闘に参加し、時には支援する〝市民義勇兵〟。さらに、常時戦闘に参加可能で最前線での戦闘行動の担い手である〝職業傭兵〟。これら三つの存在が連携して国を守るという〝三極軍兵制度〟というものだ。

どんなに国民全体で国を守るのがセオリーだとしても、日常生活を放棄してまで軍務に関わることはできない。だが、正規軍人だけでは戦いの担い手は圧倒的に足りない。ならば戦士としての技量を持った人物に報酬を支払って戦ってもらう。そんな都合のいい話があるものか、と普通は思うだろうが、年月を経るうちに〝傭兵として戦うことの意義〟みたいなものが人々の中に芽生えていった。

ある人は、純粋に金のため。

ある人は、戦うこと以外に生きる術を知らないため。

ある人は、己の武の技を磨きその限界を見極めるため。

ある人は、生まれ故郷の家族や仲間たちを身をもって守るため。

ある人は、薄ら暗い過去から逃れるため。

ある人は、闇の社会から逃れて表社会へと戻るため。

ある人は、罪を償うため。

ある人は、それがフェンデリオルという国の正義であると信じているため。

様々な過去を歩いたその末に傭兵稼業へとたどり着くのだ。今ではフェンデリオルの国のいたるところで、派手な武器を抱えた傭兵たちが誇らしげに闊歩している。

——フェンデリオルに傭兵あり。

あぁ、そうだ。この地に住まう者なら誰もが知っていることなのだから。そしてそのフェンデリオルには、特別な街があった。

——傭兵の街。

職業傭兵たちが集い暮らし、活動拠点としている軍事支援市街地のことだ。傭兵たちを管理監督する傭兵ギルドが存在し、そのギルドの事務局を中心として街が発達している。傭兵の街、ブレンデッド。私、エルスト・ターナーが暮らしている街もそんな傭兵の街の一つだ。

街は今日も喧騒に満ちていた。が、私《ルスト》はあっけにとられていた。目の前の光景に、ありえない状況に。

「な、なんでこんなにいるのよ？」

半ば呆然としながら、店の控室からそっと顔を出す。店の中は数多くの職業傭兵の男たちで溢れ返っており、私はそれをきらびやかなドレス姿で眺めていた。

――いつもの傭兵装束ではなく、二度と着ることもないはずのドレス姿で。

「すごいことになってるわね」

背後からそっと声をかけてくるのは、リアヤネさん。この店、食堂兼居酒屋の〝天使の小羽根亭〟の女将さんで、既婚者で三〇代後半だがその年齢を感じさせず、可愛い一人娘のセレネヤちゃんを育てながら店を切り盛りしている人だ。赤毛が印象的な痩身の美人である。

その天使の小羽根亭は、傭兵の街ならではというか、この街を活動拠点にしている職業傭兵たちの交流の場であり、無聊《ぶりよう》を慰める憩いの場でもある。だから普段から傭兵たちでごった返していた。

そんな天使の小羽根亭の片隅を借りて、あのサボリ親父のドルスとの約束を果たそうということになったのだが……。

「話が違うわよ！　今日は西方司令部主催の合同講習会があったんじゃないの？」

フェンデリオル正規軍の西方司令部、そこの主催で職業傭兵たちを集めて基本的な約束事項を申し渡す講習会が、今日に開催されるという話だったのだ。講習会に出られないときは別の開催日に代替えすればいいという決まりがあるうえに、この日ならば天使の小羽根亭は空《す》いているはずだ、というのがドルスの弁。私とドルスは講習を受けるのは別の日にして、二人っきりで約束を実行することになっていた。ドルスはたしかに私に言った。

「お前だって、野次馬に見られたくないだろう？」

そりゃそうだ。あのオヤジを相手に酌をしている姿を見られたりしたら、恥ずかしいどころか屈辱でしかない。だからこそドルスの出した案に私は乗ったのだ。でも、リアヤネさんはショッキングな事実を私に告げた。

「それ、別の日よ？」

「へ？」

私は思わず間抜けな声を出してしまう。

「今日は七月一四日、今日講習が開催されるのはお隣のヘイゼルトラムの街、うちのブレンデッドは七月二〇日だったはずよ？」

「ほんと？」

「うん、うちの旦那が言ってた。その日はあたしと西部都市のミッターホルムに行く予定だから今日の講習で済ませるって、ヘイゼルトラムに行ってるわよ」

ちなみにリアヤネさんの旦那さんは職業傭兵、先の哨戒任務では別の小隊で参加していたらしい。

「えっ？」

「ほんとに、ほら」

そう言ってリアヤネさんが私に見せてくれたのは、傭兵ギルドからの通知文だった。そこには確かに七月二〇日開催と書かれている。

「じゃ、あたしが見せられた通知書って」

「それへイゼルトラム用のね。どっかから手に入れたんでしょうね」

その言葉に愕然《がくぜん》とする。そして、ふつふつと怒りが湧いてきた。

「あいつー!」

「はめられたわね。ルストちゃん」

拳を握りしめ、ふるふると震えている私の隣で、リアヤネさんがため息を吐いている。

「ドルスの奴、こんなことまでするなんて」

温和な彼女もやり方の汚さにさすがに怒りを覚えているようだ。実際、ドルスは私にいい感情を持っていないのだろう。いや、私にというよりは、奴は女性が傭兵をやること自体を快く思っていないのだ。

「信用して損した」

私はポツリと漏らす。あの哨戒行軍任務のときに奴は私を助けてくれた。そのときの真剣な声に、彼が本当は信用に値する人間だと確信を抱いた。だからこそ、あのとき彼のやる気を引き出すための約束を、真剣に守ろうとしたのだ。でも、それは裏切られた。そう思うと目元に涙が滲《にじ》み出てくる。

リアヤネさんはそんな私の目元にハンカチを寄せて涙をとってくれる。

「ほら、泣いたらお化粧崩れるよ」

そして、私を慰めるようこう言った。

「どうする？　別の日にする？　それともやめるなら、あたしが仲裁に入るわよ？」

彼女は本気で心配してくれている。一人娘の親であるリアヤネさんは、同じ女である私のことを親身になって考えてくれているのだ。なるほど、やめるのも一つの方法だよね。事情が事情だから、他の傭兵の人たちからも同情は集まるだろう。傭兵ではなく、か弱い女性としてならば——。

ふと頭をよぎったのは、あの哨戒行軍任務のときの小隊の人たち。ダルムさんやカークさんならなんと言うだろう？

私をかばって終わりにするだろうか？　ひねくれ者と言われているけど、意外に優しかったプロアさんはなんて言うだろうか？

いや、違うと思う。逃げる私に苦言を程するだろう。傭兵として生きたいのならば、傭兵としての筋を通せと。

「やる」

私の心の中に覚悟が芽生える。肩からずり落ちていたショールをかけ直して言う。

「やっぱり約束は守ります。傭兵として、仕事の中で口にした約束ですから」

私は職業傭兵だ。個人の持つ武名とメンツが全てだ。ましてや隊長として約束したことを私心で反故《ほご》にした――などと噂が立ったら信用をなくすどころでは済まないだろう。自分の信用は、自分自身で守る以外にないのだから。

リアヤネさんの顔を見れば、満足げに微笑みかけてくれている。

「そうだね。女の子であることに逃げたら、〝あの人たち〟の中に入っていくことはできないものね」

その言葉に頷きながら私は言った。

「リアヤネさん、ボトルとグラス二つお願いします。適当におつまみも」

「オッケー、あとで持って行ってあげる」

「はい」

そして、リアヤネさんは私の背中を叩いて気合を入れてくれる。

「頑張って！　あとで美味しいデザートを目一杯食べさせてあげるから！」

「はい！　行ってきます！」

そして私は店の中へと歩き出した。見てなさい。覚悟を決めた女がどれほどのものなのか思い知らせてあげるから。

私はドルスを信用していた。確かに不真面目でだらしなかったけど、説得には耳を貸してくれたし、一度やる気を出せばきちんと役目をこなしてくれた。あのとき、野営地から姿を消していたのも、伏兵の存在を察知して姿を追っていたからだ。彼は彼なりに傭兵としての仕事をきちんとしてくれた。だからこそ、私は一度口にした約束を守ろうとしたし、何より、私は彼に命を救われた。

彼が発した『伏せろ！』の一言、あれがなかったら今頃は私は辺境の岩砂漠に眠っている。

一命を救われた。礼をするのにこれほどまっとうな理由はない。

だからこそだ。私は礼儀を尽くそうとした。女が着飾り宴食を設けて同席する。それは、そういうことを求める人に対しての一つの礼儀の表し方であり、ねぎらいの姿だ。そう、これは誠意だ。だが、ドルスはそれを踏みにじった。小手先の奸計《かんけい》で。最悪の形で。

その悪意の前に私は踏み出す。胸を張って、矜持を持って。

そう、これは戦いだ。私の女としての矜持《きょうじ》を守るための戦い。私は〝戦場〟に向かった。

＊

私は思い切り自分を磨き上げていた。約束を守るために。誠意を持って礼儀に報いるために。

ドレスは流線を描くマーメイドラインの美しいシルエット。禁欲的なハイネックだが、背中が大きく開けられたベアバック。そして太ももから下の左右にスリットが入っていて、メリハリのあるボディラインを強調する。

もちろんシルエットだけでなく、彩りもパーフェクトだ。襟元から流れるように濃い紫から青へのグラデーションを描いたかと思えば、腰の切り返しの辺りから再び紫になり、足元へ向けて赤へと変わるなめらかなシルク地。汚れに強い加工も施してある。そのドレスにトッピングするショールは、純白のファー。緩やかに肩にかけている。さらに濃青のロンググローブを合わせた。

足元は革製のエスパドリーユ。キャンバス地ではなく、極彩色に染められた革素材をレース編みのような繊細な切り抜き透かし模様であしらったものだ。つま先のペディキュアがちらりと覗いて、印象的に映る。

フェンデリオル人の淑女は、昔からサンダル風のエスパドリーユを愛用している。そのため日常用だけでなく、華麗なドレスにもマッチするような高級品まで様々なものが作られている。今夜選んだのは、私が持っている物の中でもとっておきの逸品なのだ。

そして、これらは過去にお世話になったとある人から送られた大切な思い出の品だ。つまりこれを着ているのは、ドルスのことをそれなりにきちんと饗応《きょうおう》しようと決めていたことの証明でもある。それなのに――。

いかんいかん、怒りは腹の中に隠しておけ。顔に出ると向こうの思うつぼだ。私だって本当は、楽しくお酒を楽しみたかったのだ。

メイクだって完璧なのに。ドレスに負けないよう、マットな質感のファンデーションに、赤いリップ。ショートヘアはあまりいじらなかったが、女性としての薫りが引き立つようにパフュームを軽めに吹いた。かつて世話になったことのある娼館の姐さん方に手ほどきをしてもらったやり方だった。

「よしっ」

私は気合を入れて歩き出す。このブレンデッドを支える傭兵たちの集まる店内へと。その店内ではウェイトレスさんたちの元気な声が飛び交い。

「はい！　エール酒お待ち！」

「ビール追加ね！　肉料理は待ってて！」

「三番テーブル料理まだ!?」

「おかみさんどこ行ったの？」

「知らなーい！」

職業傭兵の男たちが、酔いの巡りも手伝って大声上げながら日頃の憂《う》さを晴らしている。

「バカだよなあいつ、あそこで突っ込むかよ」

「だから簡単に逝《い》っちまうんだよ。奥さん子供どうすんだ」

「だから正規軍のあの軍曹邪魔なんだよ！　現場に口出しばっかりしやがってよ」

「さっさと殺《や》っちまうべきだったかな、流れ矢に見せかけてよ」

「お前また二級落ちたのか？」

「筆記は完璧なんだが、模擬戦闘が」

「見ろよ！　この牙剣の輝き！　やっと手に入れたんだぜ？」

「なんかそれ偽物っぽくねぇか？」

「次だ、次の戦いで武功を挙げたら婚約できるんだよ」

「だから！　あそこの回廊で山越えすんじゃなくて、迂回しちまった方が早いんだって！」

「地図にそんなの載ってねぇだろ？」

「なんだとテメェ！　もいっぺん言ってみろ！」

「おう言ってやらァ！　表出ろ！」

そこでは実力最優先の熾烈《しれつ》な職業を生きる男たちの荒っぽさが、そのまま飛び交っている。当然こんな場所に着飾った女性なんてまず現れない。現れたとしても、天使の小羽根亭の店員さんたちか、一般の職業の人たちくらいだ。

もし酌女とか接待名目の女性たちに会いたいなら、その筋のお店に行くだろう。そんな中に私が姿を現したのだ。

――コッ、コッ、コッ。

足元に履いたエスパドリーユのソール――特別に木製なので、美しい音が響くのだ――を軽く鳴らしながら歩き出す。そして控室から喧騒の飛び交う店内へと進み出る。

――コッ、コッ、コッ。

ソールの音が響く度に店内の男たちの視線が集まってくる。最初は音に興味を惹かれて。次に視界の片隅に見えた色艶やかな衣装に惹かれて。そして、あまりに場違いな女性が歩いているることに誰もがあっけにとられていた。

「おい、あれ」

「誰だ？」

「ってルストじゃねーの？」

「嘘だろ？　一七のガキのはずだぞ」

「化けた」

化けた――って、それは褒め言葉として聞いていいのだろうか？　綺麗とか可愛いとかあるでしょう、普通。

「やべぇ」

「惚れそう」

「ばか、お前彼女いるだろ！」

「いやいやいや、いない。今いないことにする」

好かれるのは気分がいいけど、やり取りがまるでお笑い草だ。

「おい、誰だよルストおとしたの？」

「プロアじゃねえのか？」

「まさか！　今年で七人フッてるんだぜ？　女に飽きたって言ってるんだぞ？」

「じゃ、バロン？」

「モテそうだけど、アイツは違う」

「まさか！　パック？」

「あれ、色恋、全然興味ないらしいぞ」

「あいつ？　いやあいつか？」

「誰だ？」

着飾った私と釣り合う男性がいったい誰なのか、声が飛び交っていた。さらにすると喧騒も静まり、ため息と感嘆の声が漏れている。視線が痛いほどに集まっているのがわかる。それは、つまりは今の私の努力が無駄ではなかったことの証だった。

私も周囲を確かめるようにさり気なく視線を送る。だがそこで見たのはあまり気分のいいものではない。今の私に向けられているのは好奇の目、そして男の欲望が入り混じった品定めの目線。視線のいくつかが胸元や腰元に注がれているのもわかる。

このドレスはそもそも、かつて食い詰めて行き場を失っていたときに助けてくれた恩人が、努力して成果を示した私にとプレゼントしてくれたものだ。それをこういう形で晒《さら》すことに言いようのない悲しさを感じずにはいられなかった。

だけどこれは〝戦い〟だ。私自身の尊厳とプライドを守るための。

私は自分に言い聞かせるように背を反らして胸を張って歩いて行った。耳元に音楽が聞こえてくる。東方の民族に愛用されている二弦琴、いつもこの店に来て音楽を奏でている旅芸人の手によるものだ。絶妙な抑揚と酒宴の気分を盛り上げるようなメロディアスでたおやかな調べ。そう、これは私の衣装がこの場で浮かないように、ムードを盛り上げようとしてくれているのだ。私は思わず視線を向ける。

店の壁際の小テーブル、そこには簡素な夜食を口にしていた女性がいた。美しい肌に黒い髪、東方の遥か彼方の最果ての国から流れて来た旅芸人、弦楽器の達人で私の親友だった。

「ホタル」

彼女の名は〝オダ・ホタル〟。世界中を流れ歩きブレンデッドに腰を落ち着けている。その指で奏でる調べが私の背中を後押ししていた。

「ありがとう」

私がそっとつぶやけば、視線で微笑み返してくれる。彼女の気遣いに私は心から感謝した。

ホタルのその隣にはもう一人の親友がいる。彼女の名前は〝マオ・ノイル〟。海を越えて来た東方人だ。薬草や本草の行商人をしていて、医学や農学にも詳しい。国を越えて流れて来た身の上である彼女たちは、このブレンデッドの街に根を下ろしている。

マオが手にしていた酒盃《しゆはい》を掲げて私に笑みを投げかけてくる。その笑みに私は同じ女としての共感と励ましの思いを受け取った。二人の声援をもらって、気合を入れ直した私は再び歩みを進める。

視界の中のあちこちに見知った人物が見える。一人で黙々と酒を飲んでいるカークさん。元軍人同士馬が合うのだろう、一緒にいるゴアズさんとバロンさん。パックさんとダルムさんは気持ちが通じ合うのか、一緒に盃を傾けている。そこから少し離れた場所にある丸テーブルで賭けカードゲームに興じているのがプロア。私の方には視線すら向けてこなかった。

そして、そして――。

「遅かったじゃねえか」

サボり親父のドルス。彼は店の一番奥に陣取っていた。私は彼の前に毅然として立つと見下ろしながら言う。

「色々と聞かされてた話と違うことが多くてね」

「なんの話だ？」

「とぼけるの？」

「知らねえな」

私は迷いそうになる。野営地で私を守ってくれたときの彼と、今、私を謀《はかりごと》に陥れた彼。そのどちらが本当なのだろうか？　でも今はそんな迷いを抱えているときじゃない。私の周りでは、男たちが事の成り行きを固唾《かたず》を呑んで見守っていたが、その相手がドルスだとわかってどよめく。

「マジかよ」

「嘘だろ？」

これはまだまともな反応。

「何の弱み握られたんだ？」

「脅されたんじゃね？」

こうまで言われると、ドルスという人間の人望のなさを感じずにはいられない。多くの人が、私とドルスがどんなやり取りをするのかが気になって仕方がないようだった。

これからの少しの時間、私の一挙手一投足が周囲を沸かせるだろう。私は、自分の中に湧き起こる不安を追い払いながらドルスへと言った。

「約束よ。お酌してあげるって」

「あぁ、そんなことも言われたっけな」

既に小さいグラスを手にしていたドルスは、それをあおりながら私を見上げる。

「座れよ」

「えぇ」

私は勧められるままにドルスのテーブル席に腰を下ろした。決して警戒心を解かぬままに。

さぁ、いよいよ〝戦い〟の始まりだ。

丸テーブルを囲むように四つの背もたれ椅子。そのうちの一つにドルスの席がある。空いている席は三つ。私から見て上座は右側、左側が下座だ。接待するのは私なのだから左側に座る。

一人のウェイトレスの子が、モルトウイスキーの入ったボトルとグラスを二つ運んで来た。戸惑っているのか、硬い表情で無言だ。それを受け取り、私とドルス、それぞれのグラスに芳醇な香りを放つ琥珀《こはく》色の酒を注いでいく。するとドルスが先に私に問いかけた。

「ケツまくって逃げるかと思ったんだがな」

「そんなことするわけないでしょ？　約束は守るわ」

「義理堅いんだな」

ドルスのその言葉に私は切り返す。

「義理じゃないわ――」

そっと声を発して、最後の単語に力を入れた。

「誠意よ」

二つのグラスに輝きを放つ麗しい香りの酒盃。こぼすことなく等しい量を注ぎおえる。一つはドルスの方へ、もう一つは私の方へ、そっと勧めるとドルスが手にするのを待った。

「手慣れてるんだな」

そう言いながらドルスはグラスを手にする。

「昔、少しだけ働いてたことがあるのよ」

「ほう？」

私はそれ以上話すつもりはなかった。しかし、ドルスが私に対して悪意があることは明白だった。彼の口から出てきたのは当然の問いかけだった。

「どこだ？」

「北部都市のイベルタル」

「酒場か？　娼館か？」

普通の神経ならこんなことは聞いてこない。さり気なく流して場を和ませる方を選ぶだろう。だが、今の彼にそんな配慮はない。無視することもできるが、会話を途絶えさせたくない。私はそっと答える。

「娼館よ」

嫌々答えた風にならないように、さり気なく答えたつもりだった。だがドルスは最悪の返しをしてくれた。

「お前が？」

それはおそらく意図的な言い方だろう。胸の中が瞬間的にムカついてくる。だがそれを露骨に出してしまったら思うつぼだ。幸いにして周囲がざわめいている。下世話な話だが、娼館という言葉に色めき立った一部の連中がいたのだ。私は周囲の反応にツッコミを返すようなノリで切り返した。

「下働きの雑用と伝票整理よ！　それと外国人客の通訳！」

そして、そのまま周囲を振り向いて、周りの男どもに向けてこう叫んだ。

「言っとくけど春はひさいでません！　水揚げもしてない！　そこ、財布の中身確かめない！　あんたは露骨にがっかりしない！」

私の叫びを聞いて笑ってくれる人もいる。遠くでダルムさんやプロアさんが苦笑しているのが見える。こういうやり取りを聞いて冗談として流せる人はまともな感覚を持っている。それにしっかりと事実を言っておかないと、勘違いがあとを引くことになる。それは嫌だった。

私はグラスを手にする。そして、ドルスのグラスに乾杯がてらに打ち付けながら続けた。

「北部都市で食い詰めてたときに、ある娼館の女将《おかみ》さんが拾ってくれたの。裏方の雑用や事務職でいいなら住むところを世話してやる、って言ってくれて」

「ほう？」

それは今まで誰にも話したことのない、大切な記憶だった。

「賃金は安かったしミスには厳しかった。でも、誠意を持ってやっているとしっかりと褒めてくれた。知らないことがあると丁寧に教えてくれたし、お店が忙しかったときは待合室で待っている人たちを相手に接待のお酌をやらせてくれて、小遣い稼ぎもさせてくれたのよ」

　私は当時のことを思い出しながら語り続ける。過去を懐かしむ口調に、周りの冷やかしの空気は薄れていく。じっと私の言葉にみんなが聞き入っている。

「あそこで私はたくさんのことを教わった。世の中には色んな人間がいることもね。あのとき、女将さんがこう言っていたわ――『仕事に貴賤《きせん》はない。人間に優劣はない。ただ違いがあるだけ』――って」

　グラスを視線を落とすように顔をうつむける。当時のことが走馬灯のように思い出される。

「いろんな人がいたわ。私を自分の娘のように可愛がってくれる人。とにかく物を持ってくれば相手が喜ぶと思っている人。つらい事情を抱えていて、一時だけでも忘れたくてやって来る人。ただただ欲望を吐き出したいだけの人、お店の姉様たちはどんな人が相手になっても、自分の仕事にプライドを持っていた。たとえ下賤の女、うらびれ女と馬鹿にされても、うつむかずしっかりと前を見ていた。やましいことや、法に背く悪いことをしてないなら恥ずべきことは何もないんだって。あの人たちの背中に教えてもらった。

　暴力を振るわれても、罵声を浴びせられても、あの人たちの輝きは失われなかった。あの人たちの〝美しさ〟を私は忘れない。あの人たちから私は〝自分がどう生きるべきか？〟を教えてもらったのよ」

　そして私は、ドルスの顔をしっかりと見据えた。そうだ、今こそが怒りの吐き出し場所だ。

「ドルス――、あなた私がこのドレスを着てきたことの意味、全っ然わかってないのね！」

静まりかけていた店の中、私の叫びがこだまする。

「あ？」

ドルスは、お前何を言ってるんだ？　と言いたげだった。だが私は言葉を止めずに叫び続けた。

「このドレスはね、着の身着のままで仕事着すら用意できなかった私に、娼館の女将さんがプレゼントしてくれた物なの！　『女には晴れ着が必要だから』って！　ただの裏方の雑用でしかないはずなのに、娼館にいるのもおかしな小娘なのに！　このショールも、私がこのドレスに見合った仕事を続けたときに『お前の誠意とひたむきさは立派な財産だ。だからその財産を形にしてやる』って言って贈ってくれた物なの！　私にとって単なる衣装を超える物なのよ！」

私が叫んだとき、視界の片隅でダルムさんとリアヤネさんが頷いてくれていた。私の叫びを否定する人は誰もいなかった。

そして私は立ち上がり、ドルスを見下ろしながら一気呵成《いっきかせい》に告げる。

「いい？　女がわざわざ着飾るってことはね、それだけ相手に誠意を示してるってことなのよ！　でもあなたは、私のその誠意を踏みにじった！」

私は左手のロンググローブを脱ぎながら続ける。

「あなた、わざと間違えた日にちでこの場所を指定したでしょ？　みんなの前で私に恥をかかせるために！　それとも私がギャラリーの多さに驚いて、尻尾巻いて逃げるとでも思った？

そうなれば約束を違えた私はメンツが潰れるものね！　うまくいけば傭兵廃業かしら？　でもお生憎様《あいにく》！　私はこんなことで逃げないから！」

——バシッ！

私は右手に握ったロンググローブをドルスに向けて叩きつけた。手袋を投げつけるのは、古今東西変わらぬ決闘を挑むときのセオリーだ。周囲の人々の表情が一斉に驚きに変わった。

「帳尻合わせてもらおうじゃないの！　私の誠意とメンツを傷つけたなら、あなたの傭兵としてのメンツを叩き潰してあげる！」

天使の小羽根亭の中が静寂に包まれている。あまりの出来事に誰もが言葉を失っていた。

いつの間に姿を現していたのか、私たちを束ねる上司で傭兵ギルドのギルド支部長ワイアルドさんの姿があった。食事に誘ったのか、傭兵ギルドの事務員の女性たちの姿もある。みなが私とドルスのやり取りをじっと見守っている。それに気づいているのかいないのか、私にここまでコケにされたドルスがとうとう本性を現した。

「調子に乗ってんじゃねえぞ。小娘」

彼の口から出たのは口汚い罵声。だが私は怯まない。

「小娘じゃないわ」

「二つ名もねぇひよっこのくせに」

「だったらあんたの鼻っ柱をへし折って、正々堂々と名乗らせていただくわ」

「おもしれぇ」

ドルスも立ち上がる。そして、腰に下げていた武具を抜き放った。

「俺が刀剣術の達人だって、知ってて言ってるんだろうな？」

抜き放った牙剣の切っ先を私に向けて突きつけてくる。ハッタリじゃない。片手剣の剣技だったら、他に追随を許さないほどの腕前なのは有名な話だ。

「手加減しねえぞ。傷だらけになりたくなかったら今のうちに土下座しろ」

だがそんな程度で尻込む私じゃない。

「その言葉、そっくりお返しするわ」

「ほざいてろ、メスガキが」

吐き捨てたドルスがさらに言う。

「せめてもの情けだ、着替える時間をやる」

だが私はそんな言葉には乗らない。戦いのテンションを落としたくない。戦いとはノリと勢いだ。それを殺さずに勢いづけるのも重要なセオリーなのだ。

「けっこうよ。このままでやらせてもらうわ」

「バカが――」

ドルスはそう言いながら店の外へ向けて歩き出す。

「丸裸にして泣かせてやるよ」

それ以上は私は何も言わなかった。ただ、そのまま店の外へと歩いて行く。エスパドリーユが乾いた足音を奏でている。二弦琴を弾いていたはずのホタルは、気がつけばフェンデリオルの六弦のリュートを持ち出して曲を奏でていた。リズミカルで勇壮な、戦いを盛り上げる武闘曲だ。

リアヤネさんも、ウェイトレスの人たちも、真剣な表情で見つめている。こういう場ではケンカや果たし合いは珍しくない。店内で乱闘になることもある。だがそれを我が身可愛さで止めるほど甘くもない。マオが問いかけてくる。

「ルスト、思いっきりやりな！　怪我したら手当てしてやるよ」

マオはさばけた話し方をする。その語り口が心地よかった。私は微笑みとともに言葉を返す。

「ありがとう」

マオが私の背中に声をかける。

「武運祈願《ウーユンチーユエン》」

その言葉は、マオのふるさとで戦いの勝利を願うものだということを私は思い出していた。天使の小羽根亭の店先に私たちは出る。そのあとを追うように、ギャラリーが店の外へと溢れ出してくる。店外の路上、私たちは向かい合わせに対峙した。

「ルスト」

聞き慣れた声がする。視線を向ければ、それは武器職人のシミレアさんだった。

――シミレア・ジョクラトル。

職業傭兵につきものの武器や武装、それらを一手に引き受けている有力な武器職人だ。彼とはこのドレスをくれた人物からの紹介で知り合った仲であり、私に職業傭兵として必要な知恵や知識を教えてくれた恩人でもある。

「使うだろう？　受け取れ」

そんな簡素な声とともに、彼はある物を投げてきた。私が愛用している武器だ。私が預けておいたのを持ち出してきてくれたのだ。周囲からざわめきの声がする。

「戦杖にしちゃ長えな」

「あぁ、普通、一ファルド六ディカ（約六〇センチ）だろ？」

「あれ、二ファルド（約七〇センチ）はあるよな？」

「特注品だろ」

かたや向かい合っているドルスの手には片手用の剣——これもフェンデリオルの民族武具である牙剣——が握られている。刃峰の長さは一ファルド四ディカ（約五五センチ）ほどでやや小振り。これはドルスの戦法に理由があった。ドルスの武器もまた彼の戦法に合わせた特注品だった。

そのとき、ギャラリーから声がする。話していたのはパックさんとシミレアさんだった。

「失礼、ルストさんが手にしている武器は？」

「戦杖と言って、フェンデリオルの市民が使う護身用武器だ。他の国だとメイスや棍棒《クラブ》といった物にニュアンスが近いな。普通は頭だけ金属で、竿は黒檀や紫檀などの木製なんだが、あれは全てを金属で作った特注品だ」

パックさんがさらに問う。

「ドルスの御仁が手にしているのは？」

「あっちは牙剣――戦いの専門職が持つための武器だ。片手用と両手用があって、造りとしては全体が一枚板で拵《こしら》えられた曲剣だ。もっとも、ドルスが使ってるのは片手用のものをさらに軽量化した特別製だ。奴の戦い方に合わせている」

「あなたがお造りになられたのですか？」

「あぁ。これでも武器職人だ」

ドルスが手にしている牙剣は、軽量牙剣の中でもさらに小振りな物だ。通常は軽量だと一ファルド六ディカから二ファルド程度だが、ドルスの物はそれより小さい一ファルド四ディカ（約五〇センチあまり）――片手で容易に振り回すことを強く意識している。打撃のインパクトが軽くならない程度に軽量化を重視している。

それはドルスが〝高速打ち込み剣術〟を戦闘の流儀としているからに他ならない。そう、目の前のこのぼやき男の本当の二つ名は別にある。ギャラリーから声がする。

「〝早打ち込みのドルス〟――久々に見られるか？」

「〝ぼやき〟の二つ名返上できるかもしれねえぞ」

それはハッタリでも吹かしでもない。私たちを眺めているギャラリーの視線が、私のことを不安げに見ているのは理由がある。そしてそれは、その場で行われた〝賭け〟にも現れていた。

「どっちに賭ける？」

「ドルス」

「ルスト」

「ぼやき」

「ドルスだな」

「俺もぼやき、嬢ちゃんがどう見ても不利だろう？」

「俺もドルスで」

「んじゃ俺、ルスト嬢ちゃんで」

何人かが賭けを始めたが、別段珍しいことではない。他人の果たし合いやケンカは、傍目《はため》には体のいい娯楽でしかない。賭けを仕切る者の声がする。

「じゃあ、ドルスに賭けるのは右手に、ルストに賭けるのは左手に、掛け金を握ってくれ。負けた奴から回収するぜ！」

紙幣や硬貨を取り出す音がかすかに聞こえてくる。同時に場の成り行きを案じる声もする。

「おい、ドルスってあれでも正規軍の闘剣大会で賜杯をとってるんだろう？」

「腕前だけで言えば達人クラスのはずだぞ？」

「ルストの嬢ちゃんって戦場で闘ったことってあったっけ？」

「さぁ？　俺は見たことねえけどな」

そういう手合いの評価が大半を占めているが、私の戦場での実績が浅いこともあり、そうなるのは致し方のないことだった。ならば、ドルスを打ち負かしてみんなの鼻を明かすだけだ。

「あなたに私の実力を思い知らせてあげるわ」

私は誇らしく告げたのだった。

「ほざいてろ」

「あなたがね！」

売り言葉に買い言葉、もう互いに引くことはできない。

ギャラリーの一番目立つ場所に、傭兵ギルド支部長のワイアルドさんが腕を組んでしっかりと見据えている。そして、野太い声でこう言い放った。

「勝っても負けても遺恨なし！　敗者は勝者の意思に従うこと、それが俺たち傭兵の果たし合いの掟だ！　いいな？」

ドルスが言う。

「応」

私が言う。

「異論はないわ」

そしてワイアルド事務長が高らかに宣言した。

「始め！」

その力強い声をきっかけに私たちは互いの武器を振るった。

＊

ドルスは私の眼前で片手牙剣を右手で抜き放ち、刃峰を下に切っ先をこちらに向けて構えている。右の半身を前に、左の半身と左足を後ろに引いて、いつでも突進できるように全身に力をみなぎらせている。

対して私は、それに相対しながら戦杖の打頭部に近い方の竿を右手で握りしめる。そして打頭部を上に、竿の柄に近い方を斜め下へと向ける。右の肘は直角に曲げてドルスから見て戦杖の全体が斜めに見えるよう構えた。足は広げない。右足のつま先をドルスの方へ向け、左足のつま先を体のそれと直角となる方へと向ける。

力を溜めるドルスに対して、私は全身から力みを抜く。ドルスが瞬発的な『動』なら、私は柳のように風にたゆとう『静』だ。故に最初の一撃をドルスにされるがままに任せた。

「行くぜ」

ドルスが左足に力を込めて右足を踏み込み、それと同時に牙剣を振りかぶる。私はかすかに後ろ側に位置させた左足を浮かせると、ドルスの動きをじっと見据えた。

――ブォッ！

ドルスの片手牙剣が打ち込まれる。それをわずかに体軸を後方へとそらし、同時に、右肘だけを動かして戦杖の打頭部を振るってドルスの牙剣の初撃を弾いていなした。

「おおっ！」

ギャラリーから感嘆の声が漏れる。だがこれで終わるわけではない。休むことなくドルスの第二撃がきた。

――ヒュンッ。

弾かれて下へといなされた剣の刃峰を、手首を返して下から斜め上へと振り上げる。私は肘と肩を引き戻して、戦杖の竿の下半分と柄の部分で牙剣を弾いてさらにいなした。

――キィンッ！

初手の二撃を難なくかわして、初会は終わる。だが、そこからがドルスの攻撃の本番だった。二撃目をいなされてドルスはさらに上へと剣を振り上げる。彼の真の二つ名は〝早打ち込みのドルス〟――私はその驚くべき速さに度肝を抜かれることになる。

牙剣越しに垣間見えたのは一切の情を凍らせた武人の顔だった。どんな相手でも手加減をしない彼の本性が現れている。私は戦杖を握り直して垂直に構え、相手からの第三撃へと備える。

――ゴオッ
強い踏み込みとともに打ち下ろされる牙剣を、戦杖の竿の中ほどで受ける。

――カキイィン！

ダメージをそらすように斜めにすることで、牙剣の打ち込みの軌道はそれていく。だがドルスはさらにヒートアップする。弾かれたと同時に振り上げ、すかさず第四撃。

――キイン！

これも戦杖の角度を変えて弾く。

第五撃、私から見て左手へと弾かれたものが横薙ぎに斜めに打ち込まれる。これを打頭部の側を後方へと引いて柄の部分をこちらも横薙ぎに振り出し、牙剣の打ち込みを返す。

――カァン！

第六撃、反対側の斜め上からの打ち込み、後ろへと弾いていた打頭部を前方へと振り出し、ハンマーとしての重量を生かして強めに弾き返す。

――ギイン！

そこでドルスが大きく動いた。弾かれた勢いを殺さずに体全体を使って上体を後方へと反らすと、牙剣の重量を生かした極めて重い打ち込みを横薙ぎに叩きつけてくる。

「来るぞ！」

「行け！」

ギャラリーが叫ぶ中、私も大技へと移る。これまでは肩慣らしだ。ここからが私が身につけた戦杖戦闘術の真骨頂なのだから。

軽くその場で両足で飛び上がると、すぐに脚を大きく開いてしゃがみ込む。左手を柄から離して右手で竿の打頭部側を握り、自らの左肩の方へと右腕を振りかぶる。

右脚を膝を曲げておいて、左脚は後方へと投げ出す。両脚が大きく開いたことでドレスのスリットから両足が覗いて太ももまでが露わになるが、これもまた戦いの中の華の一つだ。

「おおっ！」

ギャラリーから再び歓声が沸き起こる。これで終わりではない。右を伸ばし、左を曲げて体を移動する。私の体は後方へと移動してドルスの剣をかわす。

――ブォッ。

眼前を剣の刃峰が通り過ぎていく。ひどくゆっくりとした時間の中で、ドルスの剣の下をかいくぐるように、私は左足で強く蹴り出して右足のつま先を軸に半円を描くように体を移動させる。それと同じくして、右手で左肩の上へと振りかぶっておいた戦杖の打頭部を、そのまま勢いよく振り出していく。前方へと弧を描くように体が動き、その弧に重ねるように右手の戦杖竿を自らの手の中で滑らせるように振り出して、打頭部を勢いよく繰り出した。

——シュオッ！

私の掌の中で金属のシャフトが心地よい擦過音を奏でながら伸びて行った。その打頭部は、ドルスにとって予想外の動きと間合いで一気に攻め込んだ。当然ながら回避は間に合わない。

「チッ！」

ドルスが舌打ちする音がする。慌てて剣の刃峰の柄に近い側でこれを受けようとしたが、片手牙剣では無理があったのだろう。

——ガッ！

「ぐっ！」

鈍い音とともに、戦杖が相手の胴体へと深く打ち据えられたことが私の掌に伝わってきた。同時にドルスの顔がかすかに苦痛に歪んでいるのがわかる。私はさらなる追い打ちを狙う。開いた両脚を閉じ、右腕を旋回させ振り回して戦杖の打撃の勢いを溜めながら、その勢いで立ち上がり、ドレスの裾を翻しながらきりもみするように飛び上がる。

「おおっ！」

感嘆の声が漏れ聞こえた。私の姿は彼らにどう映っているのだろうか？　左脚を前に、右脚を後ろに、足をやや開き気味にして立つと、戦杖を腰の後ろに構えて前方をキッと睨みつける。するとドルスは体勢を立て直そうと後方へと後ずさったところだった。

「今度はこちらから行くわよ」

あえて私は宣言した。攻めへと移ることで相手への威圧を試みたのだ。

「や、やれるもんなら――」

ドルスが荒い息を漏らしている。さすがにあばらは折れていないだろうが、かなりのダメージを負ったは違いない。だが彼とて傭兵だ。歴戦の猛者《もさ》だ。簡単に負けを認めるつもりはないだろう。

「かかってきやがれ！」

右手で正眼に片手牙剣を構え、左手を右手に添えて両手で牙剣を握りしめる。その瞬間を狙って私は一気に攻め込んだ。

「はぁあぁあっ！」

肺に吸い込んだ息を一気に吐き出すように叫び声を上げて、私は駆け出した。戦杖の竿の中ほどを右手で握っていたが、まるで演舞用のバトンを水平に回転させるように回し始める。姿勢は前傾で左手でバランスを取る。そして、気合一閃！

「はっ!!」

右手を横薙ぎに振り回すように繰り出すと、回転させていた戦杖を眼前へと叩き込んだ。

——ガアン！

鈍い音を立てて戦杖と牙剣がぶつかり合う。初撃の勢いを殺さぬまま、戦杖を右手の指先で回転させ続け、ドルスの牙剣を三度ほど連打する。そしてさらに、左手も使い、今度は縦に回転させる。

「すげえ！」

通常の刃物による攻めにはない特異な〝連撃性〟がそこにはあった。

「やれ！」

「ルスト！　一気に押せ！」

私への声援もあれば、

「何やってんだ！　ぼやき！」

「ドルス反撃しろ！」

「どうしたどうした！」

ドルスへの口撃もある。だがそんな声に反応する余裕もないほどに、ドルスは追い詰められつつあった。

ギャラリーが盛り上がりを見せる中、ドルスは膠着《こうちゃく》状態に追い込まれていた。牙剣を引いて攻撃に備えようとすれば、私の戦杖の連撃をまともに食らうことになる。かといってこのままでは消耗する。

「くっ、くそっ！」

焦りが口をついて漏れてくる。それもそのはずだ。片手牙剣による打ち込み剣技は、初手の高速性に意味がある。敵に持ちこたえられて乱戦となると、一気に不利になるのだ。軽量で小振りであるが故に、防戦には不利なのである。

対して優勢な私は周囲から称賛の声を浴びつつあった。

「速い！」

「それに有効範囲が広いぜ」

「いや、それより身のこなしだ」

「あんな体技見たことねえぜ」

「旋風《せんぷう》のようだ！」

「旋風のルスト！」

「行け！　一気に押せ！」

それらの言葉を背に、さらに攻め込んだ。戦杖の竿の中ほどを握りしめて斜めに叩きつけるように振り抜く。

――カキイィン！

甲高い音を立て、牙剣によって戦杖が弾かれる。私は竿の打頭部に近い方を握り直しつつ、前後に開いた両脚と体軸のひねりを使って後ろを向く。戦杖は右脇へと溜めたままだ。

相手から見て、勢いよく戦杖をフルスイングする予備動作に見えただろう。ドルスがこの機を逃さぬようにと、強い震脚をして踏み込んでくる。そして私の背面を狙い牙剣を打ち込もうとする。

「もらった！」

ドルスの声が背中から聞こえる。私は内心叫んだ。

――かかった！

戦杖の竿の打頭部の方をしっかりと握りしめ、後方へと気配のする方へと突き出す。同時に左足を軸に、右脚を自分から見て後方へと蹴り出した。そして、繰り出した戦杖の柄尻の先に確かな感触を感じる。

「なにっ？

――ガァッ！」

驚きの声が次々に響く。

「おおっ！」

「なんだあの技？」

私が戦杖の造りに込めた意図を理解したギャラリーもいてくれた。

「そうか！」

「だから戦杖があの長さなのか！」

「総金属拵えはこのためか！」

私が繰り出した〝後方背面打突〟の技が、練りに練られたものだということを察してくれた人もいた。

「付け焼き刃じゃねえな」

「どんだけ鍛錬したんだ」

「動きが体に染み付いてる」

「それだけ修練したってことさ」

当然だ。単に後ろへと柄尻を突き出すのみならず、一度後方を向き、即座に再び体を半回転させる――複雑な連続動作を迷いなくするだけの習熟度が必要となのは、誰の目にもわかる。必要な動作や周囲状況への勘が一つでも間違えば、まともに背中を打たれておしまいなのだから。

だが、これこそが私が実践で戦杖を使うために編み出した方策だったのだ。

――頭のハンマー部で叩くだけの武器という認識を捨て、竿や握りも全てを攻撃のために活かしきる――。

そう意図して、それに必要なものを一つひとつ積み重ねて修練し体得し、改良を重ねていく。武器もこのために改良に改良を重ね、護身用具から実戦型の武具へと作り替えた。全ては私自らが、戦場で一歩も引かないことを明示するために。

再びドルスの方を向く。視界に入ってきたのは胸部の中央をまともに突かれて攻撃の体勢を失った姿だった。なんとかこらえて立っていたが、その手から片手牙剣がこぼれ落ちる。

――ガラァン。

鈍い音を立てて地面に落ちる。ドルスは両膝こそ地面につかなかったが、立っているのもやっとの状態だった。

「かっ！　かはっ！」

強打を受けたのは胸骨の辺りだったのだろう。呼吸困難に陥っている。私の戦杖の柄には、重心バランスの調整を兼ねて重い鉛が仕込まれている。だから、柄の部分で打撃してもかなりのダメージを与えられるのだ。柄尻も鋭利に尖らせてある。その気になればプレートメイルにすら穴を開けられるだろう。それで勢いよく突かれたのだ。ただで済むはずがない。

私は改めてドルスと対峙し、右手で握りしめた戦杖の打頭部をドルスの方へと付き出す。それは恣意的行為。勝者と敗者を明確にするための。私はドルスに告げた。

「まだやる？」

そう告げれば、ドルスは弱々しく言葉を漏らした。

「参った」

ドルスの口から出たのは敗北宣言。それはその場で果たし合いの成り行きを見守ってくれていた全ての人たちの耳に届いたのだろう。ドルスが両膝からがっくりと頽《くずお》れる。それと同時にワイアルド支部長が宣言した。

「勝負あり！」

その次の瞬間、沸き起こったのは満場の歓声だった。

「おおおおっ!!」

「お見事!!」

「すげぇぞ！　ルスト！」

「よくやった！」

拍手が乱打され、称賛が飛び交う。

それは同時に、私が自分の思いを貫き通した瞬間でもあった。

体が熱い、全身から流れるような汗が溢れている。総身に込められた力は一気に抜けて、心地よい疲労感が私を襲っていた。大きく深呼吸をする、息を吐き出し体の力を解いたとき、ようやくに私は周囲の状況に気がついた。

——フサッ。

私の両肩にロングショールがかけられる。天使の小羽根亭の中でいつの間にか落としていた。それをかけてくれたのは意外な人だった。

「お疲れ様です」

「ありがとうございます」

なんと、ショールをかけてくれたのはバロンさんだった。いつもは笑みを浮かべることもない彼が、静かに微笑んでいる。次いで私を支えるようにして肩を掴んでくれたのはダルムさん。称賛を贈ってくれたギャラリーの方へと向けさせてくれる。

「何か言ってやりな」

ダルムさんが笑みを浮かべて私に言う。ならば、みんなにはこう宣言するしかない。

「皆さん！　ありがとうございます！　本日只今をもって、私は、二つ名〝旋風のルスト〟を

名乗らせていただきます！」

　二つ名――それは傭兵にとって命の次に大切なものだ。己の戦人としての有り様が込められているのだから。だから自らが勝手に名乗っても誰も相手にしない。自らの生き様で認めさせることが必要になる。そして、今がそのときだ。二つ名のない無名は、見習いに等しい扱いしかされない。傭兵は二つ名を得てこそ一人前だった。

「ルスト！」

「旋風のルスト！」

　連呼され拍手が沸き起こる。否定する声は一つもない。

「お見事でした」

　傍らからゴアズさんが声をかけてくれる。さらに私を褒める声がする。

「やっと技をモノにしましたね」

「パックさん――いえ、師傅《シフ》とお呼びすべきでしょうね」

〝師傅〟とは東方の言葉で師匠や先生という意味だ。私の声にパックさんは静かに微笑んだままだ。

「ご随意に」

「はい！　本当にありがとうございます」

　私は改めてみんなに頭を下げて礼を示した。

　そして、ギャラリーが私への賞賛の言葉で盛り上がる傍らで、もう一つのドラマが始まっていた。地面へとへたり込んでいるドルスに歩み寄っていたのはカークさんだ。

「無様《ぶざま》だな〝ぼやき〟」

「――――」

ドルスは無言で答えない。傭兵としてのメンツのみならず、私を奸計《かんけい》ではめて嫌がらせをした、という汚名だけが残ったことになる。事と次第によっては、このブレンデッドの街にいられなくなるだろう。みんながドルスのことを見守る中、カークさんは意外な言葉を口にした。

「お前まだ。〝二年前〟の〝あの娘〟のことを引きずってたんだな」

――二年前。

その言葉が漏れたとき、ギャラリーがにわかに静まり返った。

「まさか」

「シフォニアのことか？」

ギャラリーも何かに気づいたらしい。みんながドルスを不安げに見つめている。そんな中、二年前の一件を知らない私にカークさんは語り始める。

「〝シフォニア・マーロック〟――二年前までこのブレンデッドにいた女性の傭兵だ。年齢はお前とほぼ変わらない。俺たちの中に混じって傭兵となり、短期間で武名を挙げて二級傭兵《ルスト》となった。お前が二級傭兵資格を取るまでは、彼女が最年少記録だった。そして、小隊長を任されたんだだが」

そこで言葉を濁したカークさんに私は問うた。

「そしてその方は？」

彼は顔を左右に振りながら言う。

「死んだ」

吐き出されたのは重い一言。

「戦場で狙撃された。男の中で女性が一人、しかも小隊長ということで余計に目立っていた。物陰から弓で撃たれて即死だった」

彼が語る状況に、私は思い至るものがあった。

「まさか！　先立っての哨戒行軍任務のときと同じ状況！」

「そうだ。戦闘を終えて野営地に戻ったときの一瞬に射たれた。全く同じだ」

カークさんはドルスさんを見据えて言う。

「女性が傭兵をやることにこいつが抵抗を覚えるようになったのは、そのシフォニアが死んでからだ」

ギャラリーもハッとするようにじっと聞き入っている。この場にいる誰もが、そのシフォニアという人を記憶の片隅に残しているのだ。

「女性の傭兵がいると何かと突っかかるようになった。女が戦場に出ることに不安を覚えてな。度々騒動を起こすようになって、こいつはさらに周囲から孤立していった。そのときだ、お前が現れたのは。まるでシフォニアの記憶を掘り起こすようにな」

カークさんはあの哨戒行軍任務のときのことを語る。

「そこへ持ってきて、あの〝報復人〟による狙撃事件だ。嫌でもシファニアのことを思い出すだろう。それでこいつは焦っちまったんだ。お前をこれ以上、戦場に立たせたくないってな」

野次《やじ》る声は聞こえてこない。それはこの場の多くの人々がそのシフォニアという女性の出来事に罪悪感を抱いていたことに他ならなかった。

でもそれは私には関係のないことだ。

はっきりと伝えるしかなかった。私はドルスのところへと歩み寄る。責め立てはしない。

「ドルスさん、はっきりとお伝えすることがあります」

ドルスが静かに顔を上げる。私はそれを見据えながら続ける。

「軍人も傭兵も、仲間と連帯し、ともに助け合いながら勝利することを目指します。ですがそれと同時に、自分だけが最後まで生き残ることも目指さなければならない。それはひどく矛盾しています。でも戦場に立つのなら、誰もがその矛盾を呑み込むしかない」

言葉は場のみんなにも、見守っているギャラリーにも聞こえていた。

「戦場という巨大な〝カルネアデスの板〟の上で生き残りをかけてもがくしかない。それが軍人であり、傭兵という生き物なんです」

カルネアデスの板――難破した海の上に浮かぶ一枚の板切れ、そこには一人しかしがみつけない。一人が板にしがみつき生き残り、もう一人は押しのけられて海の藻屑となって死んでいく。ギリギリの状況下での命の選択を表した寓話のことだ。

ギャラリーの方へも私は視線を向けた。みんな、沈黙したまま、じっと聞き入ってくれていた。

「カルネアデスの板の上で、時には非情に相手を突き飛ばすこともある。あるいは、自ら舟を譲って沈んでいった戦友の姿に、決して消えない後悔と罪悪感を抱いて生き残ってしまうこともあるでしょう。でも――」

私は一呼吸区切る。ドルスを見下ろしながら私は叫んだ。

「そんなものは当たり前のことです！」

私の声がどこまでも響いていく。否定の声は届いてこない。

「戦場に立つなら覚悟して当然のこと！　誰にも降りかかってくる当然の悲劇です！　戦場には感傷を持ち込む余裕はないんです！」

私が語った言葉に誰もが少なからず同意していた。無言はその証だ。

そして私はドルスに核心を告げる。

「ドルスさん、私は私です。シフォニアという人ではない。あなたは私にシフォニアという人の面影を重ねて勝手に苛立っているだけに過ぎない！　お気持ちはわかります。ですが、はっきり言って迷惑です！」

〝迷惑〟――、その言葉が届いたとき、ドルスの表情が変わった。地面に落ちていた牙剣を自ら拾うと立ち上がり、私に向けてこう告げたのだ。

「ルスト、お前の言う通りだ。俺が間違っていた」

牙剣を腰の鞘に収めながら彼は詫びる。

「すまない」

そう言葉を残し、身を翻して歩き出す。おそらくは自分のねぐらへと帰って行くのだろう。その背中をじっと見つめる私にカークさんはこう問いかけてくる。

「アイツを許してやってくれ」

否定する理由はなかった。

「もちろんです」

私の視界の中でドルスが頼りなさげによたよたと歩いている。いつしかそのシルエットは街の夜の闇の中へと消えていった。そして、二年前の記憶が掘り起こされたことで、辺りには沈んだ空気が広がりつつあった。誰もが沈黙し、表情を曇らせていた。

このままでは良くない。雰囲気を変えなければ。

私はギャラリーの片隅に佇《たたず》んでいたホタルに呼びかけた。

「ホタル！」

「なんだい？」

場の空気に呑まれない、旅芸人らしい陽気で力強い声がする。私はホタルにオーダーした。

「舞踊曲お願い！　派手めのやつで！」

「あいよ！」

威勢よく答えると、既にその流れを読んでいたかのように六弦のリュートを奏で出す。

芸人衣装である前合わせの白の衣が演奏の動きで揺れている。そして、その指で奏でる調べが、軽快にルズミカルに憂鬱な気配を吹き飛ばしていく。

それはフェンデリオルに古《いにしえ》から伝わる舞踊曲、死の影を追い払い、今を生き、未来を願う、生命の繁栄を願う曲、祭りでも定番の曲の一つだった。

――曲名は〝生々流転の歌〟。

曲に合わせて手拍子が始まる。踊り出す者を待ち受けるように。それはリズムを刻む打楽器のように人々の心を奥底から呼び覚まそうとしていた。空気が熱気を帯び始める。二年前の死の記憶がどこかへと消え去ろうとしている。ギャラリーが輪を作り、即席の舞台を作り出す。ならば先陣を切るべきは私だろう。

私は足元のエスパドリーユを脱ぐと素足のままで駆け出した。そして人々が見守る中で踊りのステップを踏み始めたのだ。

「ハイッ！」

両肩にかけていたロングショールを両手に絡めて、振り回しながら、くるくると舞うように円を描いて舞い踊る。

リアヤネさんが前掛けを外して場の中へと繰り出してくる。天使の小羽根亭のウェイトレスたちも躍り出る。さらには見ているだけだったギャラリーの中からも、さらなる踊り手が次々に現れる。

興に乗ったダルムさんが唄を歌い始めた。それは私たちフェンデリオルの民族の唄。口伝《くでん》の唄。

——人々は苦難を乗り越え、長い道を行く
——失われた故国よ、今に見るがいい
——我らは取り戻す、豊穣なる大地を
——天と地の間、四つの精霊は我らを導くだろう
みんなが笑顔を取り戻していく。歌と踊りと喧騒の輪は夜を徹して続いた。いつ死にゆくともわからぬ傭兵稼業、楽しめるときには心から盛り上がるのが流儀——。
ここはブレンデッド、世に名立たる傭兵の街である。

特別幕：ドルス、墓参りする　――シフォニアとの対話――

ドルスは泥のように眠っていた。ルストとの果たし合いのあと、ブレンデッドの東側にある平屋の一軒家の借家に帰ると装備品と愛用の武器を外して、まともに着衣も脱がずにベッドへと倒れ込む。全身を襲う鈍い痛みと底なしの疲労感が、ドルスを粘りつくような眠りの中へと引きずり込んでいく。

「痛ぇなぁ」

ぼそりと言葉を漏らすとそのまま彼は眠ってしまう。

その夜、悪い夢を見た。仲間が死ぬ夢だ――。

昔、この国の正規軍にいた頃、指揮官の出した無茶な突撃命令で将来のある有望な若い兵士たちがバタバタと倒れていった。昨日、安酒を呑み交わしたあいつらが、敵からの弓矢や鉛弾で次々に死んでいった。

「こんな無茶な作戦はやめさせろ！　兵士一人ひとりを育成するのにどれだけの手間と暇がかかると思っているんだ！」

大隊長だったドルスはその突撃命令の無意味さを知っていた。

「いたずらに攻撃を繰り返し敵陣の奪取を強行しても意味がない！　時には撤退して増援を待って、態勢を立て直して支配地域を取り返すことも必要だと言っているんだ！　これ以上無駄な兵損耗は増やすな！」

上流階級崩れのおっさん指揮官が最前線部隊の全権を掌握していた。ドルスはその指揮官に猛抗議を繰り返していたが、一蹴された。

「あと少しで支配地域の奪回は完了する。これ以上の作戦期間の延長は認められん」

「しかし！」

「黙れ、ルドルス！　わしの方針に逆らうというのなら、お前に部隊は任せられん。後方へ下がって頭を冷やしてろ！」

ドルスは更迭《こうてつ》された。目の前の勝利に執着し続ける無能な指揮官を、勢いあまって殴ってしまったのも致命的だった。

それから後、後方地域で待機していたとき、最前線の戦線に参加していた職業傭兵の一部が待遇への不満から造反を起こして無断離脱したと聞かされた。悪い予感は的中し、支配地域は奪回に成功したものの、かつてない兵損耗を生み出して指揮官は幕僚本部からその責任を追及された。

無能指揮官とその腰巾着たちが自らの保身のために口裏を合わせて、大隊長だったドルスに濡れ衣を着せて軍から追い出しを図ったのは、そのすぐあとである。謀略に負けたドルスは、誰にも見送られることなくたった一人で軍から退いたのだった。

——そのときの底知れぬ孤独感をドルスが襲う。その恐ろしさよ。

「はっ！」

ドルスは全身で脂汗をかきながら目を覚ました。

「夢か、勘弁してくれてよ――」

荒い息をしながら思わず体を起こす。窓の外を見れば、まだ太陽は昇っていない。とてつもない疲労感が全身を襲っていたが、不思議と絶望感はなかった。

「風呂でも入りに行くか」

ぼそりとつぶやくと部屋から出て行き、住宅街の片隅にある風呂屋に向かった。汗を流して気持ちを完全に切り替え、自宅にと帰って来る頃には気持ちは完全に固まっていた。

「行くかぁ、墓参り」

家の中に入ると旅支度を始める。武器と多少の手持ちの金、傭兵としての標準装束の他にフード付きの革製のロングマントを羽織る。夏向きに色は白っぽいグレーだ。それ以外は余計な荷物は持たない。愛煙家であるが故に予備のタバコはしこたま持った。

「それじゃあ行くとするか」

部屋の壁に貼ってあったフェンデリオルの国土地図を指差す。フェンデリオルの南方地域のとある山村だ。そこにはこう記されていた。

――ヴェレスタント。

それが彼の目的地だった。地図で目的地までのルートを確かめると、ドルスは誰にも告げずにブレンデッドの街から姿を消した。ルストに敗北した、その次の日のことである。

フェンデリオルの西部に位置するブレンデッドの街から東へと街道を進むと、そこにあるのがフェンデリオル西部地方の入り口とも言われる大都市ミッターホルムだ。ブレンデッドからは陸路の他、運河水路があり、運河船を使えば二日から三日ほどでたどり着く。

水路でミッターホルムに到着すると、南部方面への直行便の乗合馬車に乗り換えた。さらに三日ほどをかけて南部主要都市のモントワープへと向かう。モントワープはフェンデリオル南部の主要都市であり、商品流通と商業の街でもあった。特に南部や西部の農村地帯から産出される豊富な食材が集まる場所であり、南側で接する同盟国のパルフィア王国からの商業物資も加わり、フェンデリオル随一の食の都としてその名が知られていた。

モントワープにたどり着くと、〝イン〟という種類の一階が酒場になっている形式の安宿に泊まった。腹を満たして体力を蓄えると、翌朝早くに近くの二級市場に足を運ぶ。そこで食材を運べる背嚢《はいのう》と、山間地域ではお目にかかれない海魚を加工した乾物などを買い込んだ。着ていた装備を山登り用に着付け直すと、午前の八時に出立した。

向かうべきは、モントワープから南西に向かう脇街道であり、南部山岳地域の麓へと伸びている物流街道だった。そして、その中でも南部山脈の山中にある高地都市のヴェレスタント。そここそが、ドルスの向かう目的地だ。

「さぁて、山登りと行くか」

そうつぶやきながら、ドルスは山岳路へと足を踏み入れた。ヴェレスタントは標高高い山麓にある高地の農村だ。山の自然を活かして、羊や山羊や牛を放牧している。それらの家畜や高地野菜が主な産物であり、産業は豊かだが何より交通の便が悪い。つづら折りの道を時間をかけて登り詰めると、ヴェレスタントの村外れには夕暮れ時にたどり着く。モントワープを朝に出立できなければ、途中で野宿をせざるを得ないほどに交通の便が悪いので有名だった。ドルスはそれをわかっていた。ヴェレスタントを訪れたのはこれが四度目だった。

「さすがに夏場の山道は歩き甲斐があるぜ」

馬車の往来があるので道は急峻ではないが、それでも平地の道を歩くよりも脚への負担は大きい。傭兵という肉体労働稼業をしていても、足腰にかなりくる。ましてや、ドルスは普段からサボり癖がついていた。

「さ、さすがに腰にくる」

はっきり言って自業自得だった。

道のりを半分以上消化する頃には汗だくであり、足腰をかばいながらの歩きとなっていた。

それでも、ヴェレスタントは風光明媚で有名であり、比較的温暖な南部地域であることも手伝い、物見遊山《ものみゆさん》の観光客はかなりの人数だった。ドルスも途中で山登りの観光客に何度も出会う。

そして、あるものを見つけた。

「へぇ、休憩喫茶か」

歩き旅の街道筋に時々設けられている、休憩所を兼ねた喫茶である。そういう商売が成り立つくらいに人の往来はあるのだ。山の中の二階屋であり、一階はオープンテラスがメインの喫茶になっている。二階部分は店主の家を兼ねた非常用の宿泊室だろう。木陰の下の見晴らしのいい地点に設けられており、心地よい山風も吹き抜ける。

これを利用しない手はない。一〇脚ほどの席があるテラスには三人ほどの旅行客風の男女が休憩をしている。ドルスは彼らに語りかけた。

「物見遊山ですか？」

不意に現れたガタイのいい中年男性に驚いた三人だったが、穏やかな表情から悪人ではないと判断したのだろう、すぐに柔和な表情になりドルスを受け入れた。

山登り衣装を身につけた三人で、中年の男女とその付添人のような若い男だ。その中の上品な中年男性が口を開いた。

「えぇ、帰り道ですよ。ヴェレスタントは景色がいいと聞いたので、登山を兼ねて行ってみたんです」

「へぇ、それは良かったですね」

無難な言葉を選びながら、店の主人に茶を求め、周囲に一言断ったうえで手持ちの紙巻タバコに火をつけた。すると、中年男性の妻らしい女性が言葉を漏らした。

「えぇ、景色は最高だし、ヴェレスタントの郷土料理は美味しいし、何よりこの時期にしては涼しいからこの上なくいいところなんですが、その――」

妙に困惑した言い方をする。ドルスにしてみれば仕事柄どうしても気になった。

「何かあったのですか？」

中年の夫婦は顔を見合わせると、男性の方が声を潜めてつぶやいた。

「賊のような目付きの悪い男たちがうろついているのですよ」

「賊――、追い剥ぎですか？」

「いえ、旅人や通行人には手を出そうとはしないのですが、何かを物色するように色々と眺めて歩いている。何より人相がよろしくなく目付きが悪い。怖くなってしまいましてね」

「それで、切り上げてお帰りになると？」

「ええ、もとよりモントワープ郊外の温泉保養地が目的だったので、そちらの予定を繰り上げることにしたのです」

「それは残念ですね」

「ええ、ですが、これもまた精霊のお導きです。早めに山を下りた方がいいと教えてくれているのでしょう」

フェンデリオル人はその精神文化の一つとして、精霊の存在を重視している。悪い予兆もいい予兆も精霊のお導きと考えるのだ。ドルスは彼らの言葉を肯定した。

「それがよろしいでしょう。山道は天候がいいときは素晴らしいが、一度崩れ出すと厄介だ。今なら明るいうちに麓のモントワープにたどり着けるでしょう」

すると、中年の女性の方が問いかけてくる。

「失礼ですが軍属の方ですか？　随分と体格がおよろしいようですが？」

「あぁ、これは失礼、職業傭兵をしております。職業柄、山道は歩き慣れているので」

「あなたのような方がそうおっしゃるのであれば、それを信じましょう」

中年男性がドルスに告げた。

「あなたの旅路に精霊のご加護がありますように」

「これはかたじけない。道中お気をつけて」

そして、ドルスは彼らと挨拶を交わしおえると、店から出されていた黒茶を飲み干し、タバコの吸殻を始末して、休憩喫茶をあとにする。そこからの道のりは半分ほどだ。

＊

そしてそこから再び山道を歩いて半日、夕暮れに差しかかった頃に、高地の山村であるヴェレスタントが見えてくる。山肌に抱かれた、なだらかな斜面に位置する、景色のいい美しい村である。

山道を抜けると広大な牧草地が広がる。その牧草地に牛や羊が飼育されている。この他にも山羊を育てている酪農家もいるが、山羊はより高度の高い土地に放たれている。

家畜の群れの中を縫うように村の主要道は伸びている。商人や物流業者の往来が見られ、物資を積んだ貨物馬車を牽《ひ》く商人の中には、腰に牙剣を下げた職業傭兵を帯同している者もいた。

「お、ご同業だ」

買い付けられた肉牛を積んだ荷馬車に、護衛役が二名ほど乗り合わせていた。村落郊外に商人用の宿泊施設があるので、そこに荷馬車を移動させているのだ。ドルスは彼らに声をかけた。

「よう？　あんたらも傭兵かい？」

ドルスに声をかけられたのはブラウン髪とブロンド髪の二〇代半ばの青年二人だった。職業傭兵としては駆け出しから抜け出た頃だろう。

「あぁ、モントワープのギルドの所属だ。そういうあんたは？」

「俺は西のブレンデッドだ」

「随分遠くから来たんだな」

「あぁ、この村にいる奴に用があってな」

「なんだ、帰省か？」

「墓参りだ。昔世話になった奴がいるんでな」

「墓参りか、もし明日、山の墓場に行くなら空模様に気をつけろよ？　明日辺り荒れるぜ？」

「マジか？」

「あぁ、雲模様が怪しい」

彼らの言葉に少し慌てた。こういう場合、地元の人間はその土地特有の空模様に詳しいのであなどれないのだ。

「そうか、早めに済ませた方がいいな。ありがとうよ」

「いいって、傭兵のよしみだ。じゃあな！」

傭兵というのは気さくで話し好きが多い。仕事の縄張り争いでいがみ合っているのでなければ、大抵はすぐに打ち解け合う。軽く手を振りながらドルスは彼らと別れた。

そして、目的地へとたどり着く。外界に繋がる四つの山道から伸びてきた街道が村の中心地で繋がり、交差路を描く。村はその周囲に寄り添うように広がっている。

夕暮れになり明かりの灯り出した表通りを横に見て、ドルスはある家を目指した。村の中心街から少し離れた位置にある酪農家で、主に牛を育てている。勝手知ったるように、その酪農家の敷地を抜け、玄関扉をノックした。

「はい」

家の中から妙齢の女性の声がする。ドルスは名乗った。

「お久しぶりです。ルドルスです」

玄関扉が静かに開いた。中から姿を現したのは、年の頃で言えば四〇くらいの婦人だ。長い栗毛を後頭部で結い上げている。比較的小柄で体格はふくよか、年齢に見合った美しさがある。簡素だが小綺麗なエプロンドレス姿から、村の庶民階級の女性であることがわかる。頭に白い布を髪留めに被っていたが、それを外しながら彼女は応える。

「ドルスさん！　お久しぶりです」

「ご無沙汰しております、レヴィナさん」

「ええ本当に。一年ぶりですよね」

「はい、またご厄介になります」

そこでドルスは今回訪れたその理由を語った。

「シフォニアの墓参りをしようと思いまして」

「そうだったんですか」

レヴィナは感慨深げに少し寂しげな表情を浮かべた。でもすぐに笑顔を取り戻す。

「シフォニアも喜んでくれると思います」

「そうだといいのですが」

「さ、中に入ってください。立ち話もなんですから」

「では遠慮なく」

こうして、ドルスは彼の記憶の中でずっと重荷となっていた、シフォニアの生まれた家へとたどり着いた。実に一年ぶりのことだった。

シフォニア・マーロック――二年前にドルスとともに仕事をしていた仲間であり、若くして隊長職を務めたこともある優秀な女性の傭兵。しかし彼女は物陰から狙撃されて死んだ。それがドルスにとって重い記憶となっていたのは事実だった。だからこそ今日の日まで時間がかかってしまったのだ。

モントワープで買い求めておいた土産をレヴィナに渡す。山間の村では滅多にお目にかかることができない海の幸、イワシやニシンの干物だった。長期の保存がきくし、何よりレヴィナが料理上手なことを知っていた。応用の利く素材は彼女には何よりのいいお土産になる。

「こんなにいっぱい？　よろしいのですか？」

「大した物ではありませんが」

「いいえ、ありがたく頂戴いたしますわ」

レヴィナは喜んで受け取ってくれた。酪農で生計を立てているこの村の特産品といえば、当然チーズだ。チーズがたっぷりと入ったチーズ鍋料理や牛肉の腸詰めがテーブルに並ぶ。思い出話もそこそこにレヴィナの用意してくれた夕食を腹に収める。

食事をしながらレヴィナは語る。

「この村にドルスさんがいらっしゃるのは、これで四度目ですね」

「ええ、もうそんなになるんですね」

「はい、もうお越しにならないのかとずっと思っていました」

「時間がかかって申し訳ない。やっと気持ちの踏ん切りがついて〝アイツ〟と向かい合う覚悟ができました」

ドルスのその言葉にレヴィナも目を細めて喜んでいた。

「そうですか。あの子も喜んでくれると思います」

一度目は生前のシフォニアとともに、二度目はシフォニアの死を告げるため、三度目は一〇ヶ月ぶりの墓参りだった。

思い出話に花が咲く。ドルスもタバコの本数がついつい増えていく。二人はシフォニアという一人の女性の記憶を頼りに会話を続けていた。そこに悲しみはなかった。天に召された命は戻っては来ない。その代わり、懐かしい思い出を共有できるという事実が二人の間の会話を盛り上げてくれていた。

食事を終えるとその日は早く就寝となった。翌朝早めにシフォニアの墓石のある墓地へと向かうためだ。レヴィナに借りた部屋でドルスは眠りについた。その日は悪夢にうなされることもなく穏やかに眠ったのだった。

「それでは行ってまいります」

「くれぐれもお気をつけて」

言葉を交わし合い、ドルスはレヴィナの家から出発した。ヴェレスタントの集落からさらに高い位置にある放牧場を目指す。そこまでは、さして時間もかからない。普段から多くの羊の群れや羊飼いなどが行き来していることもあり、道程も険しいものではなかった。

問題はそこから先だ。この村の墓地は高地放牧場からさらに高いところにある。道は細くなり険しさを増す。ドルスがそこにたどり着く頃には太陽はかなりの高さになっていた。

「ふぅ、やっと着いたぜ」

そこはこの村で一番の見晴らしのいい場所だった。村が一望できた。かつて、この村の人が何時でも村の人々と会えるようにとの思いを込めて、この場所に墓所を設けたのだという。シフォニアの墓もここにあった。並んだ墓石の中でも一等、見晴らしのいい場所に立っている。

「よぉ」

ドルスは親しみを込めて声をかけた。大地の下で永遠の眠りについている一人の女性に向けて。

「久しぶりだな。シフォニア。随分と時間がかかっちまった」

墓石はそう大きくない。ドルスの膝より少し上辺りだろう。それを見下ろすように立っていたが、目線を下ろしてあぐらをかくと座り込む。そして背嚢の中に収めておいた数本の花と小振りのワインのボトル、陶製のグラスを二つ取り出した。

花を墓前に添え、ワインのボトルの封を切って二つのグラスにそれを注ぐ。まるでシフォニアが生きているかのように二人分の酒盃を用意して、それを墓前に置いた。

「お前の好きだった赤ワインだ」

そして、グラスを打ち付け合うように乾杯する。

「乾杯《トーストン》」

グラスを仰いで酒を飲み干す。空《から》になったグラスを地面に置いてドルスは語り始めた。

「俺はお前に謝らなきゃならん。俺は、ずっとお前から逃げていた」

そうつぶやくと、少しの沈黙を置いてさらに言葉が続いた。

「お前が死んだあの狙撃事件。あのとき、お前が死んだのは俺のせいだとずっと思っていた。俺がお前をかばいきれなかったんだと。

でも、ある奴がこう教えてくれたんだ。それは俺の思い上がりだってな」

一陣の風が吹き抜ける。

「戦場では人が死ぬ。そんなの当たり前のことだ。一介の兵士が戦場での出来事の全てに責任を負うことなんか、そもそもできない。そんな当たり前のことを俺はずっと忘れていた」

そしてさらに風が吹いた。まるでドルスの言葉に頷くかのように。

「お前自身に隙があったとは言わん。だが、起きてしまったことはどうしようもない。お前の死という現実を正面から受け入れて、前へと進むべきだったんだ。だが俺はヤケクソになった。

そして落ちぶれた。お前の死を全ての言い訳にしてな」

また風が吹いた。今度は少し強めに。

「俺は、お前を亡霊にしていたんだ。お前の死を受け入れて弔うべきなのにな。そんなんで、まともな仕事なんかできるわけがない。本当にすまなかった」

ドルスが詫びの言葉を口にしたときだ。

――ドオンッ！

突然の雷鳴が轟《とどろ》いた。閃光と轟音にドルスは飛び上がった。

「うおっ！　びっくりした！」

慌てて周りを見回すが雨雲一つない。まさに青天の霹靂《へきれき》だ。その雷の意味をドルスはわかっていた。苦笑しながら語り続ける。

「怒ってるか？　そうだよなぁ。普通怒るよな。お前は俺の怠け癖、一番気にしてくれていたからな。お前が心配していた通りに俺はなっていた。でも、もう大丈夫だ」

しっかりと立ち上がり、墓石に向かい合う。

「俺の鼻っ柱をへし折って目を覚まさせてくれた奴がいるんだ。お前と同じ、女性の傭兵だ。負けん気が強く、どんな逆境にも屈することはない。前を向いてこれから先をしっかりと見据えている。そんな奴だ」

雷鳴の残響がかすかにこだました。

「俺は気持ちを入れ替えてまたイチからやり直そうと思う。それを伝えたくてここに来たんだ」

そして再び風が吹いた。まるでドルスの言葉に頷き返すかのように。

「俺はもううつむかない。前を向いて進む。どこかにたどり着くことができたら、またお前のところに来よう。それまで待っていてくれ」

そのとき、風とともに、どこか遠くから雨が運ばれてきた。そしてかすかにドルスを霧雨が濡らす。それはまるで、別れに際しての涙のようだ。

「泣くなよ。また土産を持って来るからよ。じゃあな」

そう言葉を残してそこから立ち去った。

再び立ち上がり歩き出した一人の男を見守るかのように暖かな日差しがさしていた。

その帰り道、高地放牧地に差しかかった頃に雨が降り始めた。家畜を放牧していた牧童たちは、羊や山羊を集めると放牧地の片隅にある避難小屋に身を寄せていた。ドルスもそこに慌てて駆け込んで、先に中に入っていた羊飼いの牧童たちに声をかける。

「すまねえ！　雨宿りさせてくれ」

中に入っていた牧童は三人ほどで、一三から一七くらいの年頃の男の子たちだった。その中の一人が言う。

「墓参りですか？」

「ああ、雨が降るかもしれないって言われて朝早めに出たんだが、間に合わなかった。涙雨なんだろうが、こんなに号泣されるとは思わなかったぜ」

「それだけ、別れたくなかったんじゃないですか？」

一人の牧童が意味深に問いかけてきた。ドルスは苦笑しながら答える。

「かもな。昔から寂しがり屋だったからな」

牧童の彼は誰の墓参りとは訪ねてはこなかった。ドルスの名前と存在はこの村の人間なら誰もが知っていたからだ。すると一人がつぶやいた。

「そういやラッケルの奴、遅いなぁ」

「どうした？　誰かはぐれてるのか？」

ドルスが尋ねれば、一番年長の牧童が答えてくれた。

「はい、預かった羊の数が足りないって捜しに行った奴がいるんです」

「そいつが帰って来ないのか」

「はい」

不安げに避難小屋の外を眺めていたが、やがて誰かの声が聞こえる。

「おーい」

「来た！」

「ラッケル！　どうだった？」

遅れていた一人が戻って来たのだ。だが、その表情には焦りが浮かんでいる。

「やっぱりだめだ！　一頭足りない！」

「なんだって？」

「どんなに捜してもいないんだ！　隠れる場所なんかないのに！」

不安に駆られている彼らにドルスは声をかけた。

「もしかして、先ほどの雷で驚いて逃げ出したんじゃないのか？」

だが牧童たちは否定する。

「ソレはないです！　羊って絶対に自分から群れから離れたりしないんです！」

「山羊は大抵勝手に行ってしまうから、首に鐘をつけるんですけど、羊は非常に従順で、迷子にならない限り勝手に離れることはないんです」

「何しろ、屠畜されるときだって羊は素直についてくるくらいですから」

「なるほど、一人には絶対にならない生き物ってわけか」

彼らにそこまで話を聞いたときだった。

「待てよ――」

ドルスの脳裏にある記憶が蘇った。以前にこの村に来たときに聞かされた逸話があるのだ。

「確かこの高地の放牧地に来る道って、今は使われていない〝廃道〟がなかったか？」

「そういえばそんなのあったな」

ドルスの言葉に一人が同意した。

「確か、倒木が邪魔になって使われなくなった道がありました。それに岩が多くて険しいので、家畜たちが怪我をすることもあるから使うのをやめたと言います」

その言葉と、このヴェレスタントに来る途中に出会った中年夫婦の言葉が繋がった。

「目付きの悪い男ども――、そうか！　家畜泥棒だ！」

「えっ！」

「この村に来る途中に観光客から目付きの悪い男たちの話を聞いた。おそらくそれだ、盗み出す家畜を物色していたんだ！　そして、その廃道を使って目星をつけていた羊を連れ出したんだ！」

そう言うが早いかドルスは身支度を整えた。肩に羽織っていたフード付きのロングマントを着直すとフードを目深にかぶる。そして、牧童たちに命じた。

「俺は廃道に向かって盗《ぬす》っ人《と》連中を探す。お前たちは雨具合に注意しながら麓村の男衆に連絡しろ！　おそらく賊は退路も確保しているはずだ。村から離れる前になんとしても取り押さえるんだ！」

「はい！」

「わかりました！」

そう言葉をやり取りしてドルスは雨中を走り出した。放牧地を一気に横切ると記憶を頼りに今は既に使われなくなっている廃道へと駆けて行く。

「シフォニアが生きてる頃に一度だけ歩いたことがある、あの道だ」

ほどなくして廃道はすぐに見つかった。そして、倒木や折れた枝が積み重なっているはずのその道に、誰かが歩く場所を確保しようと倒木を動かしたあとがある。ここに間違いなさそうだった。

「まだ、そんなに離れてないはずだ、何しろあっちは羊を連れてるからな」

追いつくなら今だ。おそらく廃道の途中に荷馬車を確保しておいて、それに乗って一目散に村から離れる手はずだろう。ドルスは雨の中の鬱蒼とした林の廃れた道を、ずぶ濡れになりながら一気に駆け抜けて行く。それから小半時《こはんとき》ほど走ったときだった。

「あれは？」

雨の中、三人ほどの男たちが首に縄を付けた羊を引いている。間違いない。ドルスは怒号した。

「おい！　お前ら！」

声に驚き三人は振り返った。農民風の服装に頭には革帽子、荒れたビロード布のマントを羽織っている。その色は焦げ茶で、暗がりに潜むことに慣れているのがわかる。当然ながら腰には牙剣を下げていて、武装には抜かりない。彼らはドルスを見るなり刃物を抜いた。

――シャッ！

その態度にドルスは瞬間的にキレた。

「問答無用かよ！」

ドルスが吐き捨てた言葉も意に介さず、三人は走り出して来た。ドルスに斬りかかろうというのだ。そんな彼らを前にしても、ドルスは左腰に下げた愛用の牙剣を抜かなかった。ただ、右手を腰の後ろに回す。そして――

「先に襲ってきたのはそっちだぜ」

重く響くその言葉と同時に、腰の後ろからある物を引き抜いて前方へと構えながら、左手の手のひらをソレに添えた。

――ガ、ガ、ガァン！

轟音が三連発。それと同時に男たちは三人とも足から血を流し、その場にもんどり打って倒れた。ドルスが撃ち放った鉛弾が炸裂したのだ。雨の中、ドルスが右手に握りしめていたのは〝拳銃〟だった。回転式弾倉拳銃《リボルバー》、ドルスが隠し持つとっておきの武器だ。三つの弾丸を撃ちおえて、銃口からは紫煙が立ち上っていた。初弾を引き金《トリガー》を引いて撃ち放ち、握りしめたまま、左の親指で撃鉄《ハンマー》を起こして二発目を発射、さらにそのまま左手の小指で撃鉄を起こして三発目を発射する。

それは〝トリプルショット〟と呼ばれる高等技法だ。照準は完全に勘で当てていたが、弾丸はいずれも賊の男たちの太ももに命中していた。当然ながら出血しており、身動きは取れなくなっている。

「いっ！　痛ぇえぇ！」

「熱い！　なんだこれ！」

撃ち仕留めた賊の男たちの悲鳴にドルスは告げた。

「ほぅ？　お前ら鉛玉を食らったのは初めてか？　まぁ、そうだろうな。軍でも銃といえばフリントロックライフルのような、長物が今なお主流だからな。山の獣を狩る猟師たちも弓や弩《いしゆみ》が定番だ。鉛弾の猟銃を使う奴はまだまだ少ねぇだろうからなぁ」

ドルスは歩み寄りながら、腰の裏のホルスターに回転式弾倉拳銃を収めた。

「焼け付くだろう？　加熱した鉛玉だからな。早く摘出しねぇと鉛毒で体やられるぞ」

「そ、そんな——」

「た、助けてくれ」

拳銃の弾丸という驚異は、家畜泥棒の彼らには未知の脅威だった。刃物で切られるのとは比べ物にならないくらいの痛みだろう。

「助ける義理はねぇよ。正規軍でも兵站《へいたん》みてぇな食糧事情に悪さをする奴は、徹底的に恨まれるからな。よく言うだろう？　食い物の恨みは恐ろしいって？」

三人に近寄ると膝をかがめて覗き込む。そして、語りかけた。

「俺は元正規軍人だ。この村に住んでいる農民や酪農家のような食糧生産業者のありがたみは、骨身に染みてわかっている。彼らが食い物を作り、戦場に向けて送ってくれていることで、戦場の最前線の兵士たちは戦い続けることができるんだ」

それはあまりに重い現実だった。そして、最前線で血を流したことがあるドルスだからこそ言える言葉だった。

「日々の過酷な戦いの中で一握りのパン、一杯のスープ、一皿の料理、それにどれだけ励まされるか？　お前ら、考えたことがあるか？　ないよな？　そういうことを考えられるなら、こんなことしでかさねぇものな」

そして立ち上がりながらその中の一人の頭を蹴り飛ばした。

――ガッ！

「ぐあっ！」

ドルスは男たちに吐き捨てた。

「食い物はな、戦場の武器と同じなんだよ、それだけの価値があるんだよ！」

だが、家畜泥棒の男たちは青い顔で寝転がるばかりだった。反論する気力もない。痛みと出血とでみるみる弱っているのだ。

「わ、悪かった、助けてくれ――」

だがその言葉をドルスは無視した。

――バサッ。

雨で濡れた革製のロングマントを広げると、雨粒を振り払いながら羽織り直す。廃道の片隅でぼーっとして佇んでいる羊の首に繋がれた紐を引く。

「そいつぁ、無理だな」

男たちに背中を向け、羊を引きながらドルスは歩き始めた。

「軍じゃ、食糧窃盗は即時殺害が許可される重罪なんでな」

廃道に重い言葉が響いた。そしてそれっきり、ドルスは振り向かない。

戦場における冷徹な兵士、それが本来のドルスの姿だった。歩き去るドルスの背中に男たちは必死に声をかけたが、それでも無駄だった。

のちに、麓の村の青年たちが駆けつけたときには家畜泥棒たちは失血死寸前だった。彼らは死の恐怖を存分に味わっていた。

それからヴェレスタントの村は蜂の巣をつついたような騒動となった。以前にも農作物や牛などが盗まれる被害があったからだ。麓のモントワープの軍警察に連絡が入れられ護送部隊が村へと出発する。対して村では青年たちを中心に討伐隊が組織され、周辺の山が徹底的に山狩りされた。

ドルスも村の人々の付き合い山狩りに参加する。やがて彼が仕留めた三人が根城《ねじろ》としていた山小屋が発見された。その山小屋を検分していて、ある物を見つけた。

「これは〝骨〟か？」

「そのようですね」

見つけたのは家畜の骨だった。それもかなりの量だ。村の青年の相槌に、ドルスは答える。

「てことは常習的に家畜を盗んでは、ここでさばいて持ち出してたってわけだ」

「こっちにも埋められてます。売り物にならない内臓とかですね」

「なんて連中だ」

「これだけの量だと他の村でも被害があるんじゃないかな？」

「確認してみようぜ」

村の若者たちが言葉を交わす。それを横目で見ながら、青年たちのリーダー格がドルスに声をかけた。

「ルドルスさんですね？　家畜泥棒を仕留めていただきありがとうございます」

「ん？　いやいや、感謝されるほどじゃないさ。俺はこの村に借りがあるからな」

「借り？」

リーダーの青年が怪訝そうにつぶやいたが、その理由を彼はすぐに察した。

「それ、シフォニアのことですよね」

「あぁ」

余計な説明はせずに淡々と答える。だがリーダー格の彼は言う。

「もう重荷を下ろされていいのでは？　あなただけが悪いわけではないのですから」

その言葉がドルスには嬉しかった。

「ありがとうよ」

自然に笑みが漏れる。山狩りを終えて山から下りる頃にはあれだけ降っていた雨が小降りになり、村にたどり着くと雲が割れて光が差していた。山から帰って来たドルスたちを村の女性たちが迎えてくれる。その先頭に立って声をかけてきたのは、シフォニアの母親であるレヴィナだった。

「ドルスさん！」

問いかけられ、はにかみながら答える。

「やぁ、騒ぎを起こしてすみません」

「いえ、そんなことありませんわ。村のみんなが感謝しております。家畜泥棒は、ここ最近増えてきたんで困っていたんです」

「ここ最近ですか？　やっぱり、常習犯だったようですね」

「はい、今まで犯人が見つからなかったので泣き寝入りしていたんですが、ドルスさんのおかげで安心できます」

その感謝の言葉に他の村の人々も一様に頷いていた。だが、そこは〝ぼやきのドルス〟。減らず口は相変わらずだった。

「俺は大したことはしてませんよ。暇を持てあましてるおっさんがおせっかいをしただけです」

「ふふふ、相変わらずですね。照れ隠しの減らず口は」

ドルスの振舞いに、レヴィナたちも笑っていた。ドルスの性格はすっかり見抜かれていた。

彼らの頭上では西から差している陽の光が、雨上がりの空を照らしている。そのとき、視界の東の外れの片隅にレヴィナはあるものを見つけた。

「あっ――」

ふと空を見上げたレヴィナがつぶやく。

「虹！」

レヴィナの声にみんなが次々に空を見上げる。

「おお！」

「見事な虹だな」

「二重の虹なんて初めてだぜ」

次々と上がる驚きの声にドルスはつぶやいた。

「〝虹霓《こうげい》〟だな。雨上がりの戦場であれが見えると、勝利が確約されるって言い伝えがあるんだ」

その虹は特別な虹だった、強く輝く主虹と、その外側に淡く広がる副虹、それらを合わせて虹霓と呼ぶのだ。レヴィナがつぶやく。

「シフォニアが喜んでいるんだと思います」

否定する声は上がらない。長い苦しみの時を乗り越えて、一人の戦人として再び立ち上がったドルスをシフォニアが天から祝福しているのだと誰となく口にする。

「あぁ、やっとあいつを安心させられます」

レヴィナは柔和に微笑みながらドルスに告げる。

「さ、まいりましょう。疲れたでしょう」

「それじゃ、お言葉に甘えて」

そう答えてレヴィナと連れ立って歩いて行く。彼女の家で一晩泊まり、翌日村の人々に挨拶を済まると軍警察の護送馬車に便乗することにする。支度を終えて馬車に乗り込めば、村の人々が見送りに来てくれていた。

レヴィナがあの笑顔でドルスを見送る。

「ドルスさん、道中お気をつけて」

「ええ、またあなたとシフォニアに会いに来ますよ」

「お待ちしてます」

「えぇ、またいずれ」

そう答えると同時に護送馬車は走り出した。背後を振り返り手を振れば、いつまでもレヴィナは見送ってくれていた。村が遠ざかるまでいつまでも。

レヴィナたちが視界から消えると、ドルスは前を向いてこうつぶやいた。

「さあて、仕事に戻るか」

それは傭兵としてのドルスの再出発。そして、ブレンデッドに戻る彼を待ち受ける事態を、彼はまだ知らない。

《了》

あとがき

　読者の皆様、改めてご挨拶申し上げます。美風慶伍と申します。私の初の書籍化作品『旋風のルスト』をお手に取っていただき誠にありがとうございます。

　この作品は戦記系ハイファンタジーに属します。二つ以上の国と国、あるいは巨大な勢力同士が大河的な大きな物語の流れを伴いながら争い、その戦いの狭間の中で様々な人間模様が語られるスタイルの作品です。

　そのため、背景となる世界観、そして物語のテーマに一番重要な戦争を行っているそれぞれの国について、その背景となる設定をしっかりと組み立てておかなければ、メインの物語は一ミリたりとも動きません。ハイファンタジーにはありがちなのですが、この作品においてはメインの物語を作り上げるよりも、背景設定を作る方に膨大な時間がかかっています。

　作品世界では、オーソグラッド大陸という大地の上に少なくとも六以上の国が存在し、その世界の中で長い歴史が刻まれており、時の流れが到達した場所で、物語の主人公たちはそれぞれに人生のドラマを歩いています。私は彼らの人生のドラマを冷静に見つめる観察者であり、彼らの足跡を書き留める記録者でもあります。その巨大な大陸の上でもっとも魅力的に映ったのが、本作の主人公である十七歳の少女〝ルスト〟です。

　彼女という存在を見つけた時に、曖昧だった物語の流れは一つにまとまり一気に動き出しました。そして彼女たちの足跡を記すように『旋風のルスト』という物語を書き始めたのです。

もともとSFを書いていた私ですが、創作活動に行き詰まりスランプを経て、それを乗り越えた先で見つけたのがこの物語です。そして自分の中にある物を全て吐き出す覚悟で一心不乱に描き続けてきました。その過程でたくさんの人にお世話になり、様々な方々にご迷惑をおかけしました。それでも完結まで書き上げることで恩返しになると思っています。

この度、一二三書房様のWEB小説大賞にて評価していただき金賞をいただき、書籍化していただく運びとなりました。まずは物語の中でルストが〝旋風のルスト〟の二つ名を掴み取るまでが描かれています。そして、ここから先、彼女の視点でフェンデリオルと言う国をめぐる物語が紡がれることとなります。願わくば最後までお付き合いいただけると幸いに存じます。

本作を作るに当たり、様々な方々のお世話になりました。

一二三書房の皆様方、パルプライドの皆様方、絵師のペペロン様、WEB版においてキャラ絵やイラストを描いてくださった九藤朋さん、三ツ葉きあさん、深森さん、加純さん、菅澤稔さん、青空海人さん。執筆中、相談に乗っていただいた中村さん、岡田さん、泰山さん、応援いただいた、水守さん、地辻さん、猫野さん、澁澤さん、モチヲさん、桃丞さん、リューガさん、たんげつさん、かざやさん、ほか常連読者さん。Twitterのフォロワーさん、ガトラジのガトーさん、夜見ベルノさん、今岡英二先生、愛する家族や友人たち、WEBで知り合ったすべての方たち。皆様のおかげでこの作品は完成しました。本当にありがとうございます！

次巻にてまたお会いしましょう！

美風慶伍

ブレイブ文庫

おでん屋春子婆さんの
偏屈異世界珍道中
著作者:紺染 幸　イラスト:あまな
1巻発売中!
心もぽかぽか満たされる
あったかおでんで
一杯いかが?
偏屈婆さん
春子のおでん屋台、転移先でも営業中!
春子は偏屈なおでん屋台の店主である。酒はひとり二合まで、銘柄はひとつ。冷ならそのまま、燗なら徳利に入れて温める。おでんのほかは、梅干の入った白飯にごま塩をまぶした握り飯と、甘いいなりずし。そんなただのおでん屋なのに、いつも立ち寄る稲荷に二度柏手を打つと、知らない世界に飛ばされるようになってしまった。だがしかし、春子は何も変わらない。いつでもどこでもおでんを、客に食べさせるだけだ。おでん屋がただただ訪れた客に、あたたかいおでんを食べさせる。ただそれだけで運命が少しだけ変わった、様々な事情を抱える人々が交差して生きる世界の、ぽかぽかおでん群像劇。
定価:760円(税抜)
©Sachi Konzome

ブレイブ文庫
モブ高生の俺でも冒険者になればリア充になれますか？
著作者:百均　イラスト:hai
スクールカーストを駆け上がれ!!!!!!
美少女モンスターたちと
迷宮踏破！
1巻発売中！
1999年、七の月。世界中にモンスターが湧きだす迷宮が出現した。そこで手に入る貴重な資源を求めて迷宮に潜る冒険者は、人々の憧れの職業になっていた。自他ともに認めるモブキャラの高校生・北川歌麿は、同じモブキャラだったはずの友人が冒険者になった途端クラスの人気者になったのを見て、自分も冒険者になってリア充になろうと一回百万円の狂気のガチャに人生を賭ける――！
定価：760円（税抜）
©Hyakkin

転生貴族の異世界冒険録
～カインのやりすぎギルド日記～
原作：夜州
漫画：佐々木あかね
キャラクター原案：藻
レベル１の最強賢者
原作：木塚麻弥
漫画：かん奈
キャラクター原案：水季
我輩は猫魔導師である
原作：猫神研究信仰会
漫画：三國大和
キャラクター原案：ハム

神獣郷オンライン！
原作：時雨オオカミ
漫画：春千秋
ウィル様は今日も
魔法で遊んでいます。ねくすと！
原作：綾河ららら
漫画：秋嶋うおと
キャラクター原案：ネコメガネ
バートレット英雄譚
原作：上谷岩清
漫画：三國大和
キャラクター原案：桧野ひなこ
コミックポルカ
COMICPOLCA
話題のコミカライズ作品を続々掲載中！
毎週金曜更新
公式サイト
https://www.123hon.com/polca/
Twitter
https://twitter.com/comic_polca
コミックポルカ
検索

唯一無二の最強テイマー
～国の全てのギルドで門前払いされたから、
他国に行ってスローライフします～
原作：赤金武蔵　漫画：田村紘一
キャラクター原案：LLLthika
異世界還りのおっさんは
終末世界で無双する
原作：羽々音色　漫画：ダンタガワ
処刑された聖女は
死霊となって舞い戻る
原作：緒二葉　漫画：蚊
キャラクター原案：みなせなぎ

雷帝と呼ばれた最強冒険者、
魔術学院に入学して
一切の遠慮なく無双する
原作：五月蒼　漫画：こばしがわ
キャラクター原案：マニャ子
モブ高生の俺でも
冒険者になれば
リア充になれますか？
原作：百均　漫画：さぎやまれん
キャラクター原案：hai
魔物を狩るなと言われた
最強ハンター、
料理ギルドに転職する
原作：延野正行　漫画：奥村浅葱
キャラクター原案：だぶ竜
COMIC
NOVA
ノヴァ
https://www.123hon.com/nova/
話題の作品
続々連載開始!!

BRAVENOVEL
ブレイブ文庫

旋風のルスト１
～逆境少女の傭兵ライフと、無頼英傑たちの西方国境戦記～

2023年4月25日　初版発行

著　者　　美風慶伍

発行人　　山崎　篤

発行・発売　　株式会社一二三書房
〒101-0003 東京都千代田区一ツ橋2-4-3
光文恒産ビル
03-3265-1881

印刷所　　中央精版印刷株式会社

ISBN 978-4-89199-959-9 C0193